講談社文庫

神楽坂つきみ茶屋３

想い人に捧げる鍋料理

斎藤千輪

講談社

目次

プロローグ　「江戸時代の料理人、復活!?」——7
第1章　「現れた青銅の盃、消えた金の盃」——19
第2章　「オープンの献立〝十五夜の月見膳〟」——86
第3章　「誕生日会の特製バイキング」——120
第4章　「美食家を満足させる究極の逸品」——173
第5章　「想い人に捧げる鍋料理」——202
エピローグ　「味噌汁が香る非日常の朝」——260

神楽坂つきみ茶屋3

～想い人に捧げる鍋料理～

プロローグ「江戸時代の料理人、復活!?」

「今夜はお越しいただき、誠にありがとうございます。店主の月見剣士と申します。お料理の説明をさせていただきますので、どうぞよろしくお願いいたします」

座敷に座る客人たちが、期待に満ちた視線を注いでいる。

一体、どんな料理を出してくれるのか？　どれほど斬新な食体験をさせてもらえるのだろうか？　と。

その期待を裏切らないように、最後まで食事を楽しんでもらえるように、紺の着物姿の剣士は祈るような気持ちで一礼をした。

ついに新装オープンした『つきみ茶屋』。

現代に生まれた剣士と相方の風間翔太が、試行錯誤の末にたどり着いた創作江戸料理の店である。

石畳の街、東京・神楽坂の路地裏にある古民家の一階。風情のある格子戸には、紺の麻布に店名を白抜きした暖簾が誇らしげに掲げられている。先代から受け継いだこの暖簾は、大事な店の看板だ。

格子戸を入るとコの字形のカウンターがあり、奥の厨房とは簾で隔てられている。メインで使用するのは、カウンターの横にある小上がりの座敷席。ありがたいことに、オープン初日の今夜は予約客で満席状態だ。

元々ここは、江戸時代から続く老舗の割烹。両親の突然の事故死によって、ひとり息子の剣士に未来の選択を託された店だった。

親からしてみれば、剣士に継いでほしかったに違いない。生前の父から、「跡取りなんだから店を手伝え」と何度言われたことだろう。

しかし、幼少時に包丁で左手に大怪我をして以来、刃物恐怖症になっていたこともあり、剣士は自分が跡目を継ぐなど考えたことがなかった。心の隅では申し訳ないと思いながらも、両親には「店は継げない」と言い続け、バーテンダーとして働いていた。

幼馴染だった翔太も、老舗料亭の長男なのに両親との折り合いが悪かったため、跡は継がないと決めていた男。剣士は立場も年齢もほぼ同じ翔太と共に、つきみ茶屋をワインバーに業態変更する予定だった。そのために翔太は剣士の家に引っ越し、ふたりで新たな店のプランを練っていたのだが……。

その計画は、ある事情で百八十度ひっくり返ってしまった。

月見家に代々伝わる、使用を禁止されていた金の盃。その中に封印されていた江戸時代の料理人・玄の魂が、盃を使った翔太に憑依したからだ。

実は、玄は翔太の先祖に当たる人物だった。翔太の実家である東京・小石川の高級料亭『紫陽花亭』は、江戸末期に玄が兄と一緒に構えた料理屋『八仙』から脈々と続いてきた店だったのだ。血族にしか取りつけないという玄は、子孫である翔太にまんまと取りついた。

それ以来、翔太と玄が〝眠るたびに入れ替わる〟という奇妙奇天烈な生活が始まり、「わいんば（ワインバー）はやめて割烹のままにしておくれよ。江戸料理の割烹にしたらいいよ」と玄に猛アプローチをされた結果、その通りになっていったのである。

玄が作る料理と語る江戸時代の食文化には、それだけの魅力があった。今では剣士と翔太も、江戸の創作料理でゲストをもてなすことに、誇りとやりがいを感じている。

ただし、現在の翔太に玄は取りついていない。

玄の魂は店の新装オープンを目前に、再び金の盃に封印されてしまった。自分の存在が翔太の迷惑になると悟った玄が、自らの意思で盃を使ったのだ。

いなくなった途端、玄の存在の大きさに改めて気づいた剣士たちは、どうにかして彼の魂を呼び戻そうとしたのだが、いまだに翔太の身体に憑依させられずにいる――。

「当店は、江戸時代のお料理に現代の要素を取り入れてお作りする、一汁三菜の箱膳(はこぜん)料理をお出ししております。今週のお料理は、〝十五夜の月見膳〟というテーマで考案いたしました」

膳をひっくり返すと蓋(ふた)になり、自分の食器を仕舞(しま)える日本古来の箱膳。今や目にすることが珍しくなった骨董品の箱膳に、一品目の料理が載せられている。

「〝十五夜〟とは、その年で一番美しいとされる中秋の名月を観賞する行事。江戸時代には、月に見立てた団子や里芋・薩摩芋などをお供えして、芋類の豊作を祝っていたそうです。なので、〝芋名月〟とも呼ばれていたそうですよ。そこで今回は、月見の宴に相応しいお料理をご用意しました」

ガラス窓の外から差し込む月明かり。店の至るところに飾られた芒の穂と、秋の七草のひとつである薄紅色の撫子。壁に吊るしたレプリカの浮世絵も、月見をする人々の構図を選んである。

店内の演出とアルコールのセレクトは剣士の担当。今夜のオススメは、厳寒期に醸造した酒をひと夏を越して熟成させた、秋季限定の純米酒だ。

料理は、フレンチレストランやバーでアルバイトをしながら、大学の経営経済学部を卒業した翔太の担当だった。元々フレンチが得意だった翔太だが、つい最近まで和食ひと筋の料理人に憑依されていたので、江戸時代の和食もすっかり腕が覚えていた。

「まずはひと皿目。当店オリジナルの〝三色月見団子〟です」

白、黄、紫、三色の団子が、陶器の蒸し皿の上で湯気を立てている。

「めっちゃかわいい。見た目は中に甘い餡が入ったお団子よね。でも、香りがぜんぜん違う」

シックな紫の着物に日本髪。匂うような色香を発している三十代前半の女性、藤原(ふじわら)蝶子(ちょうこ)。新橋の料亭で芸者のアルバイトをしている彼女は、厨房で調理に勤しんでいる翔太の大ファン。翔太が人気バーテンダーだった頃からの馴染み客だ。翔太と同じ店でバーテンダーをしていた剣士にとっても、今や大事な顧客の一人である。

「台北(タイペイ)の街で漂ってくる香りに近いです。小籠包(しょうろんぽう)のような感じって言うか……」

蝶子の横に座る女子大生の橘(たちばな)静香(しずか)が、鋭く指摘した。

「静香さん、さすがですね。言い当てられたも同然です。どうぞ、小皿に取って召し上がってみてください」

セミロングヘアでベージュのワンピースを着た静香は、ここら一帯の大地主である老女・橘桂子(かつらこ)の孫娘。先代の頃から桂子とつきみ茶屋に通っていたこともあり、今も贔屓(ひいき)にしてくれている。

「じゃ、白いお団子からいただきます。……わ、中から熱々のスープが溢(あふ)れてきた！」

「鶏のひき肉で作った餡に昆布と鶏出汁(だし)の煮凝(にこご)りを入れて、小麦粉の皮で包んで蒸し上げました。黄色は南瓜(かぼちゃ)を練り込んだ皮でカニ味噌(みそ)入りの餡を包んだもの。紫団子は紫芋を練り込んだ皮に海老入りの餡が入ってます」

「小籠包よりさっぱりしてます！　皮が薄めで餡がみっちり詰まってて、すごく食べ応えがあります」

愛らしく微笑む静香。『三国志』好きで切れ者の彼女は、「つきみ茶屋の諸葛孔明（軍師）になって飲食業界の天下を取らせたい」とまで言ってくれる、非常にありがたい存在だ。

ただし、静香のお目当ては翔太のような気がしていた。その証拠に……。

「すごいですねえ、翔太さんのお料理。イケメンで料理上手なんて最高」と、うっとりとした表情をしている。翔太を思い浮かべているのだろう。

「当たり前じゃない。翔ちゃんが江戸料理を研究して、現代の要素を入れた創作箱膳料理なんだから。美味しいに決まってるわよ」

静香と隣り合わせてしまった蝶子が、静香に対抗するべく口を開く。その強い口調には、明らかにライバル心が滲んでいる。

「カニ味噌入りも美味しい！　ほんのりとした南瓜の甘みが、純米酒の甘みともよく合うわ。ひと皿目から期待が湧いちゃうわね」

テンション高めで感嘆する蝶子に、静香が深く頷く。

「蝶子さん、海老入りの紫団子もすごいですよ。細かくした海老の食感が贅沢な感じ。紫芋は〝芋名月〟にちなんでるんですね。色みもキレイで美味しい月見団子。新生つきみ茶屋にピッタリですね。……あ、お酒お注ぎします」

「あら、ありがとう。静香ちゃんも飲む？」

「いえ、日本酒はあまり得意じゃないんです」

「じゃあ、どんなお酒が好きなのよ。今はお茶しか飲んでないみたいだけど」

「甘いカクテルとか……」

「邪道だわね。バーならいいけど、ここは創作江戸料理の割烹よ。ひと口でもいいから日本酒を飲もうって気にはならないわけ？　せっかく剣士くんがお料理と合うお酒を選んでくれたのに」

「それはそうかもしれないけど、得意じゃないのに無理はしたくないです」

「まー、可愛くないわね」

「そうですか？　正直に言ってるだけなんですけど」

「そこよ。そのドライな言い方がイラッとするの」

お互いにはっきりとものを言うふたり。今にも火花が散りそうだ。

剣士は急いであいだに入り、「今日は来てくださり本当にありがとうございます。

翔太もよろこんでますよ。あとで挨拶に来るそうです」と愛想よく話しかけた。

「ホント？　うれしい。翔ちゃんに待ってるって言っておいてね」と蝶子が微笑み、静香は「日本酒、いただけなくてすみません」と申し訳なさそうに言う。

「そんな、いいですよ。好きなお飲み物で召し上がってください」

「まあ、それはそうよね。剣士くん、冷酒の差し替えお願い」

「わたしはお茶のお代わりをください」

「かしこまりました」

にっこりしたあとに座敷席から離れ、額に滲んだ汗をハンカチで拭う。

ふぅ……。蝶子さんと静香さん、ここではバチバチしないでほしいなあ。

他の客を窺うと、大半が楽しそうに料理と酒を味わっている。その様子にひと安心しながら、剣士は厨房へと向かった。

中に入ると、場の熱気に圧倒されそうになった。

鍋から立ち上がる湯気、出汁の匂い、揚げ物の香ばしい薫り。そして、真剣な眼差しで作業に取り組むスタッフたちの熱意。その一員であることが、無性に誇らしい。

「次、もうすぐできるぞ」

黒の和帽子に作務衣(さむえ)姿の翔太は、せっせと二品目の盛りつけをしている。

その傍らでは、青い作務衣姿の女性が洗い物をしていた。翔太の姉・風間水穂(みずほ)だ。婿養子(むこようし)の栄人(えいど)と実家の紫陽花亭を継ぐ予定の彼女だが、ここ数日は弟の店を手伝いに来ている。

水穂の息子で小学二年生の和樹(かずき)も、作業台の脇に置いた椅子(いす)から身を乗り出し、小さな手で盛りつけを手伝っていた。

なぜ子どもが厨房にいるのか、不思議に思う人もいるだろう。だが、これには深い理由がある。

「剣士、客人の飲み物、ちゃんと足りてるかい？」

和樹が愛らしい声音(こわね)に似つかわしくない尋ね方をする。

「今、頼みにきたとこ。水穂さん、お茶のお代わりと冷酒の差し替え、お願いします」

「はーい。すぐやるね」

高級料亭の次期女将(おかみ)である水穂。接客も厨房の手伝いもできる、得難(えがた)いサポーターだ。

「はぁ……。蝶子さんと静香さん、隣り合わせにしなきゃよかったな……」

ため息とともに、剣士が何気なくつぶやいた。

「なんだ？　揉め事でも起きたのか？」

翔太が手を休めずに訊いてくる。

「いや、大した問題じゃないから。ごめん、余計なひと言だった」

しかし背後の水穂が、「大したことじゃなくても、揉め事は困るよ。これ以上、問題が増えるのだけは勘弁だわ」と悩ましげに言う。

すると、子ども用の作務衣を着込み、ねじり鉢巻きをした和樹が手を止めて、ハイトーンボイスを張りあげた。

「なに弱気になってんでぃ！　俺と翔太の料理を食わせりゃ、どんな問題だって吹き飛ぶに決まってるじゃねぇか。なあ剣士？」

「玄さん、あなたが一番の問題なんですよ！」

ツッコまずにはいられない。

「おう、そうだったな。すまんすまん。さ、盛りつけの完成だ。剣士、水穂、とっとと運んでおくれ」

子どもの身体と声なのに、べらんめえ口調で話す和樹。

翔太に似た涼しげな目は爛々（らんらん）と輝き、前髪の一部が白くなっている。

なんと玄は、翔太の甥（おい）っ子（こ）で八歳の和樹に憑依していたのである。

第1章「現れた青銅の盃、消えた金の盃」

一体なぜ、玄は和樹に取りついてしまったのか？
話は十日ほど前に遡る。

◆

その日の朝。玄は金の盃に封印された。

翔太を勝手に眠らせて身体を乗っ取ったり、酒を飲みすぎて周囲に迷惑をかけていた玄。そんな自分に翔太が我慢の限界を迎えていると知ったため、自らの意思で金の盃を使ってしまったのだ。

「玄さん待って！」「玄、戻ってこい！」

剣士と翔太はすぐさま玄を復活させようとしたのだが、単純に翔太が盃で酒や水を飲むだけでは駄目(だめ)だった。ほかにも条件が必要らしい。

初めて玄が現れたのは、八月末の夜だった。翔太は二階の居間で、引き寄せられるように金の盃を手に取り酒を飲んだ。たったそれだけで、盃に封印されていた玄の魂に憑依されたのだ。そのときと何が違うのか、剣士たちは皆目見当がつかずにいる。

果たしてどうしたら、玄さんはまた翔太に憑依してくれるのか？

どうすれば封印解除の条件を満たせるのだろう……？

怪しいほどに美しく煌(きら)めく金の盃。散々話しかけたのだが、中にいるはずの玄は何も伝えようとはしてくれない。

「——気を取り直してやるべきことをやろう。あと十日で新装オープンだ。献立(こんだて)の仕上げをしておかないと」

そんな翔太の声で現実に戻った剣士は、盃をリュックに入れて買い物に行こうとした。すると、ひとりの女性が店先に現れた。

月見桃代、二十七歳。インディーズゲームの開発者向けコンサルティング会社を経営している剣士の従姉だ。

「あの……こちら、待合の『つきみ』さん、ですよね？」

大きめの黒縁メガネに黒いスーツ。本来はやり手の女社長でややキツい口調の桃代だが、オドオドとした表情や仕草、穏やかなしゃべり方や上品な所作は、いつもの彼女とはまるで別人である。

「桃ちゃん！　様子が変だよ！　一体なにがあったの？」

驚いた剣士は、桃代の後ろから顔を出したタクシー運転手に事情を聞いた。

運転手いわく、池袋にある桃代の自宅に配車を頼まれ、「東京駅まで」と言われたので走り出した。彼女はすぐにうたた寝をし、起きた瞬間に「ここはどこですかっ？」と叫び、神楽坂の近くだと知った途端に「待合の『つきみ』に行ってください」と行き先を変更したという。

待合とはお茶屋の別名。江戸時代に開業したつきみ茶屋の初代店は、芸者を呼んで仕出し料理を届けさせ、客をもてなす待合の『つきみ』だった。その後、明治時代に業態変更をし、割烹になったのだ。

運転手は神楽坂でつきみと名のつく店を検索して、料金の払い方すらわからないという桃代をどうにか送り届けて去っていった。呆気(あっけ)に取られた剣士と翔太に、桃代はシナを作りながらこう言った。

「あたし、お雪(ゆき)と言います。こちらにあった、つきみという待合で女将をしておりました。でも……信じてもらえないかもしれませぬが、あたし、もう死んでいるはずなんです。今はいつの時代なのでしょう？　ここは本当に江戸の神楽坂なのですか？」

お雪。月見家の二代目に身請(みう)けされた、元売れっ子芸者。

百七十年以上も前に亡くなった、剣士や桃代の祖先。

そして、生前の玄がほのかな想いを寄せ、とっておきの膳を食べてほしいと願っていた女性――。

要するに、桃代はお雪の魂に憑依されているのだ。

「頭、大丈夫？」と誰かに言われてもおかしくないトンデモ話だが、玄の件もあるのでそうとしか考えられない。

剣士たちは、しばらく放心状態だった。何かを言うべきなのだろうが、何をどう言えばいいのか、突然の異常事態に思考が追いつかない。

——ゴトゴト！

背負ったリュックの中で、金の盃が激しく動いた。玄が反応しているのだろうか？

「……えっと、桃ちゃん、じゃなくてお雪さん。あなたは本当に、つきみの女将をしていたんですか？」

剣士はなんとか言葉を絞り出した。

「はい。つきみの若旦那だった月見源太郎さんが、芸者をしていたあたしを身請けしてくださって。……でも、ここは本当に神楽坂のつきみなのでしょうか？　様子が違いすぎて信じられない……」

いかにも不安そうに周囲を見回す。

そっちこそ本当にお雪さんなのか？　桃ちゃんがふざけてるだけなんじゃないか？　などと疑ってみた剣士だが、桃代はリアリストの女社長。こんな悪ふざけをするような性格ではないと、剣士自身が一番わかっている。

「月見源太郎。剣士、それが二代目の名前なのか？」

確認してきた翔太に「そうだったと思う」と答えると、翔太は「なら、本物なんだろうな」とつぶやき、落ち着いた態度で目の前の女性に告げた。

「今はお雪さんの時代から百七十年以上が経ってます。ここは江戸ではなく東京と呼ばれているんです。江戸幕府もとうの昔になくなったんですよ」

「とう、きょう？」と相手が疑問形で繰り返す。

「ここにいる剣士は月見家の七代目。あなたの子孫です。オレは剣士と一緒にこの店を受け継ぐ、風間翔太と言います」

「子孫……七代目……」

情報が上手く消化できないのか、彼女はずっと眉をひそめている。

「お雪さん、つきみの二代目女将だったんですよね。お陰様で、ここは百七十年以上も続く店になったんですよ。今は待合じゃなくて料理屋だけど」

剣士も翔太を見習って、相手を本物のお雪として話すことにした。

「百七十年……」とまた繰り返してから、彼女は深く息を吐いた。

「そんなにも永く、あたしは青銅の盃に閉じ込められていたのですね……」

「青銅の盃!?」

剣士と翔太の声が重なった。

背中のリュックの中で、金の盃がうごめいている。

「青銅、つまりブロンズの盃か。それ、どういうことですか？」

すかさず翔太が質問をする。

「お恥ずかしい話なのですが……あたし、自決したんです。つきみにあった青銅の盃に、毒を入れて飲んでしまいました」

蜻蛉（かげろう）を思わせる儚（はかな）げな声で、お雪が打ち明けた。

自決、という言葉に剣士は戦慄（せんりつ）した。

翔太も再び言葉を失っている。

「……それ以来、盃に封印されてしまったのです。ずっと中で眠っていたような、苦しい夢を見ていたような……。きっと罪深いことをしてしまったから、罰が当たったんでしょうね」

「そ、その青銅の盃は、今どこにあるんですか!?」

魂の器となる盃は、金だけではなかったのか？

上ずった声を発した剣士を、お雪がぼんやりと見つめている。

「わかりませぬ。気づいたときは、見知らぬ場所を見知らぬ乗り物で走っていて……。本当に、何もかもわからないのです」

すまなそうに肩を落とすお雪。邪魔だと感じたのかメガネを外したので、「それ、預かります」と受け取った剣士は、衝撃の事実に気がついた。

「黒子(ほくろ)！　左目の下！　桃ちゃんにはなかった黒子がある！」

思わず叫んでしまった。

「はい。涙黒子、と言われておりました」

お雪が右の人差し指で、左目の下をすぅっと撫でる。なんとも色っぽい仕草。桃代の姿形なのに、どう見ても別人である。

「……もしかしたら、玄の白い前髪と一緒なんじゃないか？」

翔太に言われてハッとした。

「そうか。玄さん、亡くなる前に毒見の恐怖で髪が白くなったって言ってた。だから翔太が玄さんになると前髪が白くなるんだ。桃ちゃんも、お雪さんになると黒子が現れるのかもしれない」

「玄さん？　今、玄さんって言いましたよね？」

お雪が目を大きく見開き、剣士に近寄った。

「毒見で髪が白くなった。……それはもしや、八仙の料理人だった玄さんのことでしょうか？」

「そうです。お雪さんの知ってる玄さんが、ずっと翔太に取りついてたんですよ。今朝まで、ですけど」

「い、今は？　今はどこにいるのですかっ？」

悲鳴のような声。手が震えている。

「それが……また盃に封印されてしまって……」

申し訳なく思いながら剣士が告げると、お雪は「盃に封印……」とつぶやき、急に身体をふらつかせた。

「お雪さん！」

駆け寄った翔太が、ぐったりとした彼女を抱きかかえる。

お雪はすでに、気を失っていた。


剣士たちは、店の座敷席へお雪を運んだ。

とりあえず、彼女の身体を畳に横たえる。

「まさかこんなことが起きるとは……。剣士、青銅の盃ってなんのことかわかるか？金以外にも魂を封じる盃があったってことだよな？」

「わからない。青銅の盃なんて聞いたことないよ。桃ちゃんに確認しないと」

またリュックの中で金の盃がうごめいた。取り出して両手で持つ。

「玄さん、どうしたらいいのか教えてくださいよ」

話しかけた途端、なぜか動きを止めてしまった。

その代わりに横たわっていた女性が僅かに動き、パチッと目を開けた。

「お雪さん！　いや、桃ちゃん？」

黒子が消えている。桃代だ！

だが、虚ろな瞳で剣士を一瞥し、また目を閉じてしまった。

「桃ちゃん！　桃ちゃん起きて！　ねえ桃ちゃん！」

肩を揺らすと、左目の下に黒子が浮かび上がってきた。

「うわ、今度はお雪さんだ！」

なんとも不気味な現象なのだが、桃代とお雪は短時間のあいだに入れ替わりを続けているようだった。

固唾を呑んで見守っていると、お雪がゆっくりと瞼を開けた。

「お雪さん、大丈夫ですか？」

翔太に話しかけられ、彼女は小さく「はい」と答えた。

「……ここは一体、どこなのでしょう？」

上半身を起こしたお雪は、額に手を当てて周囲を見回している。

「つきみの店内ですよ。水です。よかったら飲んでください」

用意してあった冷水を翔太が差し出すと、お雪はコップを抱えてひと口だけ飲み、不思議そうに座敷席と窓の外を見た。

「あたしがいた頃のつきみとは、すっかり様変わりしてしまったのですね。お屋敷もお庭も、まったく面影がございませぬ」

「場所は江戸から変わらないけど、家は何度も建て直してますから。土地も昔よりずっと狭くなってますし」

剣士が答えたあと、翔太が低い声で問いかける。

「お雪さん、少しお話を聞いてもいいですか？」

コクリ、とお雪が頷く。

「剣士、盃を見てもらおう」

「そうだね」

ピクリとも動かない金の盃を、お雪に差し出す。

「これに見覚えはありませんか？」

すると彼女はすぅっと息を吸い、盃を凝視して唇を微かにわななかせた。

「……これもつきみにあった金の盃。はっきりと覚えております」

「玄さんの魂がここに封じ込められていたんです。毒見で使った盃だって、彼が言ってました」

するとお雪は眉間にシワを寄せ、厳しい口調で言った。

「いえ、毒見なんて嘘。真っ赤な嘘だったんです。あたしの御贔屓さんだったお武家様が、これに毒を入れてわざとお酒を飲ませたのです。……あたしの大事な人に」

涙を浮かべ、唇を噛(か)みしめる。

相当な憤りを感じているようだ。

「玄さんはお雪さんの大事な人、だったんですね」

ええ、ええ、と彼女は剣士に向かって首を縦に振る。

「玄さんも、よくお雪さんの話をしてました。自分の膳を食べてほしかったって。お雪さんの子孫で目元がちょっと似てるからって、僕に迫ってきたこともあったな」

冗談めかして場の空気を和(なご)ませようとしたのだが、逆効果だった。

「玄さん。ああ、玄さん……」

お雪は両手を口元にやり、伏せた目から涙をこぼしてしまった。

見た目は気の強い桃代のままだが、まったく人格が異なるので剣士は戸惑うばかりだ。

「よかったら使ってください」と翔太がおしぼりを手渡すと、顔を伏せておしぼりで両目を覆い、無言で肩を震わす。

しばらく何も言えないまま、剣士と翔太はお雪を見つめていた。

――やがて彼女は、うつむいたまま想いの丈を明かし始めた。

「……あのお武家様、あたしが玄さんと親しかったから、面白くなかったんでしょう。あたしの目の前で玄さんは息絶えました。あの人の亡骸にすがりつくあたしに、お武家様は言いました。『邪魔者は葬るのがわしの主義でな』と。あたしは復讐を誓い、しばらくはお武家様をこの手で殺めることばかり考えておりました。だけど……」

高ぶっていた声のトーンが、いきなり低くなった。

「あたしには、まだ小さな弟と病弱な母がいて……。働いて楽をさせてやりたかった。薬はとても高価でしたから、あたしが罪人になるわけにはいかなかったのです。でも、つきみの若旦那がやさしくしてくださって、弟と母の面倒も見てくださると……。それであたしは、若旦那に身請けされることになりました。ですが、玄さんを忘れたことなど一度たりともございませぬ」

最後の言葉に力を込めたお雪は、ふと我に返って顔を上げた。

「やだ、あたしったらなんでこんなことを。玄さんの名前を聞いたからつい……。あの、あなた方はなぜ、玄さんをご存じなのですか？」

「それはですね」と剣士が返答する。

「この風間翔太が、玄さんの子孫なんです。翔太がこの盃で酒を飲んで、玄さんの魂が乗り移ったんですけど……」

手の中で、金の盃がゴトッと動いた。

「ご覧の通り、また盃に封印されたんです。僕たちが封じたんじゃないですよ。玄さん、自分の意思で盃を使ったんです。中に玄さんがいるから、こうやって動くんだと思います」

「そんなっ！　玄さん！」

お雪が両手を伸ばし、剣士から金の盃を受け取る。

そして、手の中の盃から目を離さずに、絞り出すように言った。

「あたしは玄さんに逢いたかった。ずっとずっと逢いたかった。だから、自分が不治の病を患ったとき、あなたのあとを追おうと思ったのです。母は亡くなり、弟は一人立ちした。幼い我が子と別れるのは地獄の苦しみだったけど、やるべきことはやり遂げた。だからあたしは……あたしは鳥兜(とりかぶと)の毒で、あなたの元へ……。それなのに……逢えない……なんて……」

嗚咽を漏らすお雪の顔を、剣士は正視できずにいた。

彼女の手にある盃が、ガタガタと震えている。

これもすれ違い、と呼ぶべきなのだろうか。

もう少し早くお雪がここに来ていたら、翔太に憑依中の玄と話すことだって、人として触れ合うことだってできただろうに……。

剣士はいたたまれない気持ちで、盃を掻き抱くお雪を見つめていた。

ほどなく落ち着きを取り戻したお雪は、「あたしは今、この時代の方に取りついているようですね。一体どなたなのでしょう？」と尋ねてきた。

「月見桃代さんという女性です」

すかさず翔太が告げる。

「桃代さんは剣士の従姉。彼女もお雪さんの子孫なんですよ」

まあ、とお雪が目を見張る。

剣士も、この人が自分の先祖なのだと改めて認識した。

だが、実感はない。まだ現実として受け止めきれずにいる。

「……でも、あたしはなぜ、桃代さんに取りついてしまったのでしょうか？」

「お雪さんが封印されてた青銅の盃を、桃ちゃんが使ってしまった。今のところ、それしか考えられないですね」

答えた剣士に翔太が話しかけてくる。

「その盃が桃代さんの家にあったんじゃないか？　それを子孫の桃代さんが使ったから、お雪さんが憑依した。封印された魂の主は、血族にしか取りつけないんだろ？」

「だね。桃ちゃんちも親族なんだから、月見家代々の品が伝わってても不思議じゃない。――そうだ、桃ちゃんのバッグ！」

桃代の仕事用バッグの中を見たのだが、盃は入っていなかった。念のためスーツやコートも確認させてもらったが、どこにもない。

「一度寝てもらえば戻るはずだから、やっぱり桃ちゃんに事情を聞くしかないな……」

ついでに桃代のメガネをバッグに仕舞った剣士は、ふとお雪の指に目をとめた。

「お雪さん、小指の爪から血が滲んでますね」

おそらく、桃代が爪を切るときに深爪でもしたのだろう。ゲーマーでもある桃代は、いつも爪を短く整えている。

「そうなんです。ずっと舐めてるから、すぐに治ると思うんですけど……」

——ずっと舐めてる。舐めているからすぐ治る。

同じような言葉を、玄からも聞いた……。

剣士は横の翔太に視線を移す。

「舐めて治す。玄さんもそうだった。今朝、盃で封印される直前、玄さんもガラスで指を切って少しだけ出血してたんだ。だから僕が絆創膏を巻いた。それから……」

翔太の人差し指の絆創膏を、しかと見つめる。

剣士は極めて重要なことに、はっきりと気づいていた。

「絆創膏だ！　玄さんが初めて現れた満月の夜。確か、翔太がこの盃を棚から取り出したときも、絆創膏を探してたんじゃなかったっけ？」

その瞬間、翔太もハッとした表情になった。

「そうだ。割り箸を割るときに指を痛めて、血が滲んでいたんだ。それで絆創膏を貼ろうとして、同じ棚に入っていた金の盃を取り出したんだよ」

その結果、翔太は玄に憑依されたのだ……。

ふたりで顔を突き合わせ、符合した内容の意味を考える。

「もしかして、血……？」

思いついた言葉を口にしたら、翔太も深く頷いた。

「かもしれない。憑依の条件は、血族が血を盃で飲むこと。オレは無自覚だったが、自分の血が混ざった酒を飲んだから玄に取りつかれた。封印の条件も同じだ。玄はそれを知ってたから、今朝もわざと怪我をしたんじゃないか。血の混ざった水を盃で飲むために」

翔太が推測を述べ終わると同時に、ガタ、と金の盃が一度だけ動いた。

「いま、返事をしたんじゃないか？」

速攻で翔太が盃に顔を寄せる。

「なあ玄、改めて質問するぞ。この盃で満月の日に酒を飲むと、玄はオレに憑依する。そうなら一回、違うなら二回動いてくれ」

ガタガタ、と二回動く。翔太が「よし、違うんだな！」と叫ぶ。

「もう一度質問する。この盃で血を飲むと、玄はオレに憑依する」

ガタ、と大きく動いた。一回だけだ。

「正解のようだな。では、最後の質問だ。玄が封印されるときは、玄自身が盃を使わなければならない。どうだ？」

再び、一回だけ盃が動く。

「これも正解か。やっとルールがわかったぞ」と翔太が瞳を光らせる。

「翔太が盃を使っても、玄さんは封印されない？　翔太は何度か使おうとしてたけど、無駄に終わってたかもしれないってこと？」

「おそらくな。実は、そこがずっと疑問だったんだ。玄の魂を封印した盃を使ったから、オレは玄に憑依された。では、玄に憑依されたままオレが盃を使えば、玄は封印されるのか？　もしかしたら、玄でいるときに玄自身が使わないと、封印されないんじゃないか？　その疑問が解決したよ」

「じゃあ、翔太は玄さんを呼び出すことしかできないのか……」

「あの……」と、会話を聞いていたお雪が切なげな声を発した。

「お願いです。玄さんを戻してもらえませんか？　話したいことがたくさんあるんです。だって、あたしのせいで殺されたようなものなんですよ。あの人に、どうしても逢いたい。逢って話がしたいのです。あの陽気で朗らかで、こちらまで明るくなるような笑い声が聞きたい。それがいつまでもずっと、あたしの未練になってた気がして……」

瞳を潤ませ、悲しそうに何度も瞬きをする。

桃代の身体なのに、桃代よりも小さくなったように感じる。

「わかりました」と翔太が力強く言った。

「では、これからオレが玄の封印を解きます。お雪さんも話したいでしょうし、オレたちにも玄は必要なんですよ」

断言する横顔が、剣士の目にはとても頼もしく映った。

「感謝いたします。御恩は忘れませぬ。もう一度だけ玄さんに逢えたら、あたしは成仏できる気がします。たとえそうではなくても、また青銅の盃に戻ります。この桃代さんという方に迷惑はかけたくないので。どうかどうか、よろしくお願いいたします」

泣き出しそうな顔のまま、お雪が両手を合わせている。

「二階に行こう。最初と同じように居間で盃を使う。棚に入れて取り出してから使うんだ。なるべく前と同じ状態でやりたい。失敗したくないからな」

そんな翔太の言葉で、三人は階段を上った。

お雪は物珍しそうに周囲を眺め、ほぼ音を立てずにしずしずと階段を上り、美しい所作で居間に入ってきた。

翔太が人差し指に巻いた絆創膏を剝がす。まだ血は乾いていないようだ。

「よし、指を舐めてから盃で水を飲む」

意を決した彼を、剣士は感謝の想いを込めて見つめた。

翔太が盃を使えば、今度こそ玄さんが蘇る。

あんなに恋しがっていたお雪さんと、話をさせてあげられる。

もしかしたら、お雪さんのために料理も作れるかもしれない。

最高の膳をお雪さんに食べてほしい。それが玄さんの夢だったのだから。

思わず頬を緩めながら、剣士は金の盃を一旦棚に入れ、また取り出した。

「じゃ、水を入れてくる」

洗面所に向かってお雪の横を通ろうとしたそのとき、手にしていた盃が上下左右に動き出した。

——うわ、どうしたんだろ？　まさか玄さん、お雪さんとの再会で興奮してるのか？

あわてて盃を押さえつけた剣士だが、動きは止まらない。

「玄さん、もうすぐ会えますね。うれしい……」

何も気づかないお雪が、感極まった声を出す。

すると、信じがたいアクシデントが起きてしまった。

剣士の手から盃が大きく跳ね上がり、開いていた窓の外に飛び出してしまったのだ。

「うわぁ――っ」

叫んで窓から庭を見る。

芝生の上に転がった盃が、太陽の光を受けて黄金色に輝いている。

「取りに行く！」

翔太が廊下に飛び出した。

「お雪さん、ここで待っててください！」と告げてから、剣士も翔太のあとを追って階段を駆け下りる。

一階の引き戸の鍵を開けた翔太が、ガラリと戸を開く。

その瞬間、剣士の目に意外な人物の姿が飛び込んできた。

「姉さん！」と翔太が驚いた声をあげた。

「やだもー、びっくりさせないでよ。戸を叩こうとしたら急に開くから、自動ドアかと思ったよ」

翔太の姉・水穂が布の包みを手に、戸の前で立ち塞(ふさ)がっている。相変わらず、三十代後半とは思えないほど若々しい。

「急にどうしたんですか？　紫陽花亭、今日はお休みでしたっけ？」

剣士もあわてて話しかける。

二階にいるお雪が憑依した桃代。庭に落ちてしまった禁断の盃。早くどうにかしたい気持ちが、剣士を早口にさせていた。

「そう、定休日。近くまで来る用事があったから、差し入れ持って来たの。翔太の好きなシュークリーム。あ、わたしの手作りね。和樹も翔太と一緒に食べたいって言うから……」

「和樹？　一緒に来たのか？　どこにいるんだ？」

翔太に訊かれて、水穂はゆったりと返事をした。

「お庭に猫がいるって、見にいっちゃった。すぐ戻ってくると思う」

「ヤバい！」

翔太がダッシュで出ていく。

「ヤバいって何が？」

ポカンとする水穂に、「あーっと、今日はわざわざありがとうございます。カウンターで待っててくださいね」とだけ言い、剣士も早足で庭を目指す。なぜか押し寄せてきた胸騒ぎをこらえながら。

だが、その嫌な予感は的中してしまった。

「和樹！　しっかりしろ、和樹！」

庭に出た途端、翔太の叫び声がした。

翔太に小さな身体を抱きかかえられた和樹は、目を閉じてぐったりしている。

あどけないその横顔を見ると、片方の鼻孔から血が流れていた。

◆

「和樹――――！」

あとから来た水穂が狂乱寸前で駆け寄り、和樹の鼻をティッシュで拭いながら「何があったのっ？　どうしてこんなことに!?」と弟の翔太に向かってがなり立てる。

「わからない。オレが来たときはすでに倒れていたんだ」

「和樹！　ねえ和樹！」

必死で呼びかける水穂の声で、和樹がぼんやりと瞼を開けた。

「おかあ、さん？」

「意識がある！ 和樹、どこか痛いところある？ っていうか救急車呼ぼう！」

水穂がスマートフォンを取り出したが、和樹は「大丈夫。転んだだけだから」と言ってゆっくりと起き上がった。

「和樹、何があったのか話せるか？」

翔太の問いかけに、普段から大人びたところのある彼は、明瞭に答えてくれた。

「三毛猫がいたんだ。追っかけて庭に行ったら、芝生にキレイな金の器が置いてあった。走ってたら芝の上で転んじゃった。鼻血も出た。でも、どうしても器が気になったんだ。それを使ってほしいって、僕を呼んでるような気がしたから」

「そうか。キレイな器だもんな。わかるよ。それで、その器をどうしたんだ？」

とてもやさしい声音で、翔太が話を促す。

「うちから持ってきた水筒のお茶を、器に入れて飲んじゃった。そしたら、急に頭がフラフラして、器を落としちゃったんだ。器はね、転がって猫が咥(くわ)えてっちゃった」

「その猫はミケだ」

剣士は確信していた。庭によくやってくる野良猫。ミケと命名して餌(えさ)をあげている、丸々と太ったメスの三毛猫だ。

ミケが金の盃を咥えていった。これは非常事態だ！

「和樹くん、ミケはどっちに行ったかわかる？」

内心の動揺を隠しつつ剣士が尋ねると、和樹は「あっち」と店の引き戸を指差す。

「剣士、とりあえずミケを探してくる。姉さんと和樹を頼む」

そう言って翔太は矢のように飛び出していった。

「ねえ……お母さん」

和樹はトロンとした目を水穂に向けている。

「どうしたの和樹、やっぱりどっか痛いの？」

「ううん……すごく……眠くなってきちゃった……」

そのまま和樹は、水穂の腕の中で寝息を立て始めてしまった。

こ、これは大変なことになってしまったのかもしれない！

衝撃的な出来事の連続で、剣士の情報処理能力は麻痺（まひ）寸前になっている。

「やだ和樹ってば、急に寝ちゃうなんて。こんなこと初めてだよ。やっぱり病院に運んだほうがいいよね？」

不安そうな水穂に、剣士は精一杯穏やかな声で語りかけた。

「もしかしたらこれは、翔太のときと同じかもしれません」

「同じって、なんのこと？　まさか……」

青ざめていく水穂を、剣士はしかと見つめた。

翔太に玄が憑依したことを、水穂はすでに知っている。和樹もだ。

玄は一度、水穂たちと話をしていた。

犬猿の仲である翔太とその父・風間栄蔵とのあいだを、「俺が取り持ってやる」と玄が意気込み、紫陽花亭に行ったときのこと。明らかに人格が異なり、前髪の一部だけ白かった玄。急に眠って翔太にチェンジしたら、その前髪は栗色に戻っていた。

一部始終を目の前で見ていた水穂は、信じてなどいなかった憑依現象を、認めざるを得なかったのである。

「そのまさか、ですよ。玄さんは金の盃に封印されてたんです。その盃を和樹くんは使ってしまった。まるで引き寄せられたかのように。それからすぐ眠ってしまった。翔太が玄さんに取りつかれたときと同じ状態なんです」

目を剝いたまま、水穂が剣士を凝視している。

「しかも、和樹くんは玄さんの子孫。〝血縁者が自分の血液を盃で飲む〟という憑依の条件も、転んで鼻を打ったためにクリアしてしまった可能性が高いんです」

「そんな……やめてよ。和樹、起きて。おうちに帰ろう。ねえ和樹！」

無理やり起こそうとする水穂をなんとかなだめ、剣士は和樹を店の座敷席に運んだ。ブランケットの上に横たわった彼は、気持ちよさそうに熟睡している。

「……どうしよう。和樹に玄さんが取りついちゃったら、学校になんて行かせられなくなる。うちの旦那やお父さんたちに、どう説明したらいいのかもわかんない。ああ、どうしたらいいの？」

しきりに嘆く水穂を、剣士は必死で慰めようとした。

「今、翔太が盃を探してます。あれさえ戻ってくれば問題は解決しますよ。それに、まだ憑依されたって確定したわけじゃない。たとえ何かあっても、僕たちがどうにかしますから」

そんな会話をしていたら、二階からドスドスと音がし、お雪が階段を下りてきた。

——え？　ドスドス？　お雪さん、あんな乱暴な音たててたっけ？

あわてて階段に向かった剣士を、黒縁メガネの奥からギロッと睨む。黒子があるかどうかは、メガネの縁でわからない。

「ちょっと剣士！　なんで私がこの家にいるのよっ？」

「お雪……さん？」

おずおずと尋ねたら、彼女はあきれ顔で言った。

「は？　誰それ？　私、打ち合わせで大阪に行くはずだったの。なのにタクシーで寝ちゃったみたいで、起きたらあんたんちの居間。もう間に合わないよ。リモート会議にしてもらうから、剣士の部屋使わせて。その前に何が起きたのか説明してよ」

両腕を組んで仁王立ちをしているのは、お雪ではなく桃代だった。

◆

「お雪さん、上で寝ちゃったんだ。それで桃ちゃんと入れ替わったのか」

独りごちてしまった剣士に、桃代が怒り声を放つ。

「なに言ってんのかさっぱりわかんない。お雪って誰？　入れ替わったってどういう意味？」

「ごめん、ちゃんと説明するよ。今、座敷席にお客さんがいるから、静かに話すね」

その場で剣士は、桃代の身に起きたことを説明したのだが……。

「禁断の盃？　先祖のお雪さん？　私が血族だから憑依した？　幼馴染の翔太くんも、先祖の玄って人にずっと憑依されてた？　剣士、漫画の読みすぎなんじゃないの?」んなこと現実にあるわけないじゃん」

一笑に付されそうになったそのとき、「それが現実なんですよ」と水穂の声がした。座敷席で話を聞いていたらしき彼女が近寄って来る。

「桃代さんが寝てるあいだの出来事だったから、知らないだけなんです。また寝るとお雪さんが出てきますよ、きっと。うちの子も起きたら玄さんになるかもしれない。ああ、まさかこんなことになるなんて!」

「……あの、どちら様でしょう? お子様もどうかされたんですか?」

いたって真剣な水穂に、さすがの桃代も態度を改めている。

「わたし、翔太の姉で水穂と言います。息子の和樹と来たんですけど、アクシデントで和樹が金の盃を使ってしまって、玄さんに取りつかれたかもしれないんです。今はまだ眠ってますけど、起きたらどうなってるのか、考えただけで震えそうなんです」

「そんな、まさかそんなことが本当にあるなんて……」

そのまま絶句してしまった桃代に、剣士は大事な質問をした。

「ねえ桃ちゃん。今朝タクシーに乗る前に盃を使わなかった? こんな感じの盃」

と、スマホで撮ってあった金の盃の画像を見せる。

「……使った。金じゃなくてブロンズだけど、形は同じっぽい。出かける前に、それでちょっとだけお酒飲んじゃった。どうせ新幹線に乗るから、少しくらいいいかなと思って」

いかにも気味が悪そうに桃代が喉を押さえる。

「その盃、どこで見つけたの？　もしかして桃ちゃんの実家にあったんじゃない？」

「そう。実家に帰ったらリビングの棚に置いてあった。めっちゃキレイに磨いてあったから、親に内緒で持って帰っちゃったの。なんか、私が使わないといけないような気持ちになったっていうか……」

「それだよ。翔太もそうだったんだ。金の盃に引き寄せられた。桃ちゃんも青銅の盃に呼び寄せられたんだよ。でも、なんで禁断の盃が二個もあったんだろ？」

「よくわかんない。実家の親に訊いてみるよ。だけどこれ、早くどうにかしないと大変なことになるよね。私が寝たら、別人に身体を乗っ取られるわけでしょ？　そんなの無理。無理。無理ゲーすぎる」

話を信じ始めた桃代が身震いをする。

「大丈夫。また青銅の盃を使えばいいから。自宅に戻ればあるんだよね？」

「うん。あれでまたお酒飲めばいいの？」

「それだけじゃダメなんだ。詳細はあとで教えるよ。これからリモート会議なんでしよ？」

「ああ、そろそろ準備しなきゃ」

桃代は水穂に会釈をし、二階へ上っていった。

「大変なことになっちゃったね……」と側にいた水穂が眉をひそめる。

「うちの子には玄さんが取りついたかもしれない。桃代さんにはお雪さん。もー、なんて日なの……。あ、和樹の様子見てくる。翔太が帰ってくるまで寝ててくれたらいいんだけど」

水穂が再び座敷席に戻っていく。その背を眺めながら、剣士はこの先について思考を巡らせていた。

翔太が金の盃を探し出してくれれば、和樹くんの問題は解決する。桃ちゃんにも青銅の盃を使わせればお雪さんは封印されるから、なにも問題はない。

いや、待てよ……。

桃ちゃんにはお雪さんを憑依させておきたい。お雪さんと玄さんを逢わせてあげたい。そのためには、桃ちゃんを説得しなければならない。

だけど、忙しい女社長となった桃ちゃんが、素直に頼みを聞いてくれるとは思えない。一体どうしたらいいのか……。

剣士は必死で考えた。そして、ある計画を思いついた。

リモート会議が終わったら、桃代にこう言うのだ。

「封印の条件はふたつある。一滴でもいいから盃で自分の血を飲む。しかも、桃ちゃんじゃなくて、お雪さん自身が飲まないと封印されない。桃ちゃんが飲んでも駄目なんだ。だから、一日だけでいいからうちに泊まって。桃ちゃんが寝て起きてお雪さんになったら、青銅の盃を使ってもらうから」と。

そう説明すれば、桃ちゃんは一度家に帰り、青銅の盃を持ってここに戻ってくる。明日にはお雪さんになるはずだ。で、翔太が金の盃で玄を憑依させる。すると……。遥か昔に想い合っていた玄さんとお雪さんは、翔太と桃ちゃんの姿で再会を果たせるのだ。

しばらくふたりきりにさせよう。時間的に可能だったら、玄さんの料理をお雪さんに食べてもらおう。それが玄さんの悲願だったのだから。

お互いに心残りが消えたら、一緒に成仏してしまうかもしれない。

それでもいい。残念ではあるけど、玄さんが気持ちよくあの世に旅立ってくれるのならば、それでいいに決まってる——。

万事が上手く進むような気がしていた剣士だったが……。

翔太が戻って来た途端、絶望の穴へと突き落とされた。

「……すまん、見つからなかった」

息せき切って店に入って来るや否や、翔太はそう言った。

「ミケは見かけたんだ。でも、盃は咥えていなかった。どこかに落としたんだろう。ここら周辺を探し回ったけど、どこにもなかった。念のために警察にも紛失届を出してきた」

「マジか……」

盃が行方不明になってしまった。

その事実に剣士は愕然(がくぜん)とし、水穂は悲鳴のような金切り声をあげた。

「そんな！　和樹はどうなるのっ？　もし玄さんに取りつかれてたら、そのまま暮らさなきゃいけないの？　もうすぐ大事な誕生日会なのに！」

「誕生日会？　和樹の？」

「そうよっ！」と水穂が弟を睨む。

「和樹、学校で浮いちゃってるのね。心配してたら、ママ友のひとりが誕生日会をやればいいってセッティングしてくれたの。せっかくうちにクラスの子を呼んで、仲良くなってもらおうと思ってたのに……」

半泣きになった母親のすぐそばで、横たわっていた和樹がピクリと動いた。

「和樹！　和樹！　お願い、和樹のままでいて！」

水穂のかけ声も虚しく、和樹の前髪は白くなっていく。

そして彼はゆっくりと瞼を開き、ふわぁと伸びをしながら上半身を起こし、周囲を見回してこう言った。

「やっぱり、外の空気は旨いねぇ。また戻ってきちまったよ」

ああ、と水穂が両手で顔を覆う。翔太は無言で甥っ子を凝視している。

剣士は「玄さん？　玄さんなんですか？」と問いかけた。

「おうよ。剣士、翔太。水穂もいるのかい。みんな、俺のためにありがとな。また封印を解いてくれるなんて、思ってもいなかったよ。お雪さんも出てきたんだろ？　気配を感じたもんだから、盃の中で動揺しまくっちまったぜ。しかもな、翔太の話が聞こえたんだよ。どうやら子孫の声だけは届くみたいでな。まさか、お雪さんが別の盃に入ってたなんてなぁ……あれ？」

玄の視線が翔太に吸いつく。

「なんで翔太がいるんだよ！　俺は誰に取りついたのさ？　この声、身体……。おいおい、こりゃ童じゃねぇか！　どういうことだいっ？」

驚愕する玄を前に、剣士たちはしばらく途方に暮れていた。

◆

幼い少年となった玄に剣士が事情を説明しているあいだ、翔太は自分のあらゆるSNSアカウントに〝探し物〟の投稿をし続けていた。

「東京・神楽坂周辺で落とし物をしました。代々伝わる大事な盃です。見つけてくださった方には、相応のお礼をさせてもらいます。金メッキを施した陶器の盃です」とのコメントに、剣士が撮った金の盃の画像を貼りつけて。

かつて〝抱かれたいバーテンダーNo．1〟と呼ばれた翔太には、かなりのフォロワーがいる。投稿はあっという間に拡散されていた。

「――しかし参ったなぁ。まさか和樹に取りついちまうとは。手足が小せぇから料理がうまくできねぇよ。せっかくお雪さんと逢えるかもしれないのに」

「あーもう、どうしたらいいの？　翔太、ちゃんと責任取ってよね！」

玄が残念そうにボヤき、水穂が怒り心頭でわめく。

「申し訳ない。できることはすべてやる。どうにかして盃を探すよ」

翔太が殊勝に謝るので、剣士も水穂に何度も頭を下げ続けていた。

「そうだ。玄さん、うちの従姉は青銅の盃でお雪さんに取りつかれたんです。玄さんが青銅の盃を使ったらどうなりますか？」

「どうもならねぇさ。俺は毒見で使った金の盃にしか戻れない。最期に使った盃だけが魂の器になるんだ」

「そういうものなんですね……」

やはり、金の盃が見つからないと問題は解決しないようだ。

「そうだ剣士、お雪さんはなんで青銅の盃とやらに封じられていたんだい？　まさか、俺みたいに毒見でもさせられたんじゃねぇよな？」

不安そうに玄が問いかけてくる。

一瞬、どう答えたらいいのか迷ってしまった。盃の中の玄は、翔太の言葉しか聞こえていなかったという。つまり、お雪さんが何を話したのか知らないのだ。だが、「彼女は自決したんです」なんて軽々しく口にできない。玄が動揺して収拾がつかなくなるかもしれないからだ。

翔太を見ると、唇に人差し指を当てて首を横に振っている。何も言うな、のサインだ。もちろん、剣士も同感である。

「あーっと、それに関しては僕らもよく知らないんですよ。だって、なんで亡くなったんですか？　なんて訊きづらいじゃないですか」

とりあえず、そう言っておいた。

「まぁ、そうだよな。大事なのは、お雪さんが今ここにいるってことだ。遥か昔の話なんてどうでもいいわな。あー、お雪さんとまた逢えるなんて、夢みたいだよ……」

和樹に憑依した玄が、小さな手で左胸を押さえている。

お雪の魂を身体に宿した桃代は、まだ二階でリモート会議をしている。

このカオスな混乱状態を、どうにか整理していかねばならない。

「玄に確認しておきたい。その魂の器で血族が自分の血を飲むことが、玄の封印を解く条件。逆に、封印されるときは血族が器を使うのではなく、玄自身が使う必要がある。そうだよな？」

翔太の問いかけに、玄はニヤリと子どもらしからぬ笑みを浮かべた。

「そうさ。さっきも盃を一回だけ動かして答えただろ？　やっぱり翔太は賢いねぇ。

俺が取りついてたときに翔太が盃を使っても、俺は封印されなかったはずだ。魂自身が盃を使わないと、封印はされないんだよ」

なるほど、と剣士は納得していた。魂の存在である玄が言うのだから、それが盃のルールなのだろう。

「それにしても困ったもんだ。早く翔太に戻りてぇよ。こうやって改めて見ると、惚れ惚れするくらいの男前だね」

ずっと翔太の身体に憑依していた玄は、鏡以外で初めて見る翔太を食い入るように見つめたあと、素早く近寄って腰に抱き着いた。

「な、なにをする！」

思わず突き飛ばそうとした翔太だが、姿かたちは甥っ子の和樹なのだ。はたから見ている分には、甥が叔父にじゃれているようにしか見えない。

「一度こうしてみたかったのさ。翔太、これまで俺の我が儘に付き合ってくれてありがとよ。また呼び出してくれるなんざ、思ってもいなかったぜ」

「……オレも想像すらしていなかったよ。まさか、こんなカタチであんたと会うことになるとはな」

しばらく見つめ合ったあと、玄は彼から身体を離し、剣士に目を向けた。

「剣士もな。こうしてまた会えてうれしいよ。俺はよ、二度とこの世には出てこねぇ覚悟で封印されたんだ。ふたりの迷惑にだけはなりたくなかったからな。なのに、お前たちって奴は……。封印を解くために頑張ってくれやがって。ありがてぇ。本当にありがてぇよ……」

涙ぐんだ玄が、小さな指で目元を拭う。

こんな異様な状況でなければ、剣士も感動できただろう。あんなにも玄の復活を願っていたのだから。しかし、今はその余裕がまったくない。なにしろアクシデントによって、子どもに憑依させてしまったのだから。

「奇妙な気分だな。姿は和樹のままなのに中身は玄。さっきから違和感が拭えない」

あくまでも冷静に、翔太は玄となった甥っ子を眺めている。

「翔太、お前さんだってそうだったんだぜ。なあ剣士？」

「ですね。僕も最初は違和感、というか恐怖感が拭えなかったです。翔太が寝たら別人になってるわけですからね。だから、水穂さんのお気持ちを考えると気が滅入ってきます」

「剣士くん……。わたし、いっそのこと気絶しちゃいたい」

先ほどから水穂は、顔面蒼白のまま硬直していた。

「姉さん、ホントごめん。いまSNSで情報集めてるから」

翔太はスマートフォンに視線を移し、「まさか、メルカリに出てたりしないよな……」とつぶやいて何かを調べ始めた。

「あのよ、剣士」と玄が声を潜める。

「俺は大人の男としてお雪さんに逢いたい。翔太がまた俺を身体に入れようとしてくれたんだ。翔太になってからお雪さんと逢いたいんだよ。いや、和樹は可愛いよ。俺の子孫だしな。だけど、この童姿じゃお雪さんの前に出られねぇよ……」

しょんぼりと肩をすくめた玄の腹が、グウと鳴った。

「和樹、あんまり朝ご飯食べなかったから、お腹すいちゃったのね。翔太兄ちゃんとシュークリーム食べるって、張り切ってたから」

水穂の言葉に、玄がガツッと食いつく。

「しゅうくりいむ。なんだか旨そうな名前だね。ここにあるのかい？」

「ありますよ。わたしの手作り。いま流行り（はやり）のクッキーでシューをコーティングしたやつ。玄さん、よかったら食べて。和樹が空腹になってるの、見てられないから。あ、ちゃんと手を拭いてからね」

水穂におしぼりを渡された玄が、素早く手を拭いてシュークリームを摑み（つかみ）取る。カリッと焼き上がったクッキー生地のシュー。中にはカスタードクリームと生クリームが挟み込んである。

すぐさま、「うんめ――――！」と玄が和樹のハイトーンボイスで叫んだ。

「外側がぱりっとしてて、中から甘さ控えめのくりいむがとろんって出てくるよ。西洋菓子ってやつは大したもんだね。いくらでも食えそうだ。……あむあむ……ぐほっ」

「玄さん、頬張りすぎ！　一気に口に入れちゃダメですよ。ほら、お水飲んで」

むせる玄に剣士が水の入ったコップを手渡す。小さな口一杯にシュークリームを詰め込んだ玄は、水をぐびぐび飲んで息を吐き出した。その微笑ましい様子は八歳の和樹そのものだ。

だが、玄はとんでもないことを言い出した。

「あー、酒が飲みてぇなあ。剣士、びーるって麦の酒、持ってきておくれよ」

「ちょっと！　今の玄さんは和樹なんだからね！　子どもにお酒なんて飲ませちゃいけないの。絶対に。飲んだら承知しないからねっ！」

水穂に怒られて玄が肩をすくめ、「剣士、早く翔太に戻らせてくれ。頼むよ」とあどけなさの残る口元を尖らせる。

どことなく翔太の面影がある顔立ち。ふわふわの栗毛も翔太と似ている。無邪気で素直でトランプ遊びが大好きな和樹が、べらんめえ口調で頑固で酒好きな江戸時代の料理人と化してしまった……。

あまりの急展開に思考停止状態になりそうな自分を戒め、早く金の盃を見つけないと！　とスマホでＳＮＳを見ようとしたら、二階からドスドスと音がした。

「桃ちゃんだ！」

剣士は座敷席から階段に直行したのだった。

「とりあえず会議は終わった。部屋使わせてくれてありがと。うちに帰って盃を使うから、どうしたら元に戻れるのか教えて」

座敷席の水穂に軽く会釈をし、さっさと引き戸から外に出た桃代。剣士はあわててあとを追い、先ほど考えたことを告げた。

「──要するに、また眠ってお雪さんにならないと、彼女を封印できないってこと？それ、本当なのかな？」

「本当なんですよ、桃代さん」と、背後にやって来た翔太が低い声で答える。

「久しぶりだね。ここに引っ越してきたんだって？」

桃代の表情が和らぎ、少し明るくなった。彼女はバーテンダー時代の翔太をよく知っている。久しぶりの再会だ。

「ええ。二階に住まわせてもらってます。剣士の言うことは事実なんです。なにしろオレの実体験なんですからね。だから、今夜はここに泊まってください。食事はオレが作りますから」

「翔太くん、フレンチが得意なんだよね。……どうしよっかなー」

相手の胃袋を摑もうとする翔太の援護射撃で、桃代が揺れ始めている。

「桃ちゃんがお雪さんになってるあいだは、僕と翔太がちゃんとケアする。だから、青銅の盃を持って泊まりに来てほしいんだ。それしか元通りになる方法はないんだよ」

必死な剣士の様子に、渋っていた桃代もやっと折れた。

「わかった。家から盃と荷物持ってまた戻ってくる。明日は会社、休みにしてもらう。どうせお雪さんになったら仕事なんてできないしね」

早口で言い残し、彼女はさっさと歩き去った。

「きつそうな女子だねえ。せかせかしてて取っつきにくそうだ」

座敷席で二個目のシュークリームを頰張りながら様子を窺っていた玄が、開口一番文句を垂れた。

「彼女は経営者なんで忙しいんですよ。根はいい人なんです」

「まあ、なかなかのべっぴんさんだしな。でもよ、同じお雪さんの子孫でも、お前さんのほうがお雪さんに似てるような気がするよ。穏やかな目元とかな。ちょいと顔を見せておくれ」

ずりずりと近寄ってきた玄が、小さな両手を剣士の顔に伸ばしてくる。

「ちょっと玄さん、うちの子の身体で妙なことしないでよ！」

「冗談だよ、水穂。お雪さんと逢うなら、あの桃代って女子のほうがいいさ。芸者姿だったら最高なんだけどな」

「勝手なこと言わないでよね！　……あ、口の脇にクリームついてる」

水穂にひょいと抱き上げられ、剣士から引き離された玄が、口元をおしぼりで拭われている。

「……こういうのも悪くねぇな。水穂はいいおっ母さんなんだなあ。さすが俺の血族だ」

デレデレと笑った玄は、水穂の膝の上で鼻をうごめかせた。

「おお、いい香りだねぇ。こりゃ水穂の匂い袋かい？　いい趣味してんなぁ」

「もー、いい加減にして！　早くうちの子に戻ってよ！」

つい膝から玄を放り出してしまった水穂。転がった勢いで柱にぶつかった玄が、

「いてて」と頭を押さえる。

「やだっ！　大丈夫？　なんでこんなことに……」

「なんでって、水穂、お前さんがやったんだぜ」

「ごめん、痛かった？」と玄の頭を撫でる水穂。

「いやいや、このくらい大したことねぇよ」とまたデレる玄。

まるでヘタクソなコントを見ているようだ……。

剣士が呆れそうになったそのとき、スマホをいじっていた翔太が声を張りあげた。

「おい、ＳＮＳに情報が来たぞ！」

「金の盃が見つかったの？」

水穂を筆頭に、全員が翔太を取り囲む。

「ああ。寿司屋でバイトをしている男性からだ。画像とそっくりな盃を、今日の昼に神楽坂で入手したらしい。複雑な事情があるようで、詳細は直に話したいそうだ。ＤＭに電話番号を送ってくれた。すぐ連絡する」

翔太は速攻でスマホを操作した。

◆

それから数時間後。

つきみ茶屋の座敷席はどんよりとした空気に包まれていた。

翔太はスピーカーをオンにして、隣町の寿司屋のバイト男性から話を聞いた。その内容は、剣士たちの想像を超えるものだった。

相手は大学生。隣町で寿司屋を営んでいる老夫婦の孫で、普段は店を手伝う父親が宅配をするのだが、父が知人の結婚式で休みだったので、急遽(きゅうきょ)宅配を手伝ったそうだ。

大学生は今日の昼間、桶(おけ)状の岡持ち付きバイクで空の器を回収に向かった。帰りのルートだったつきみ茶屋の近くを通ったとき、三毛猫が飛び出してバイクの上を越えていった。店に戻って緩んでいた岡持ちの蓋を開けると、寿司の器と共に金の盃が入っていた。

それはきっと、ミケが咥えていた盃だったのだ。バイクを飛び越えた瞬間に、岡持ちの隙間に落としてしまったのだろう。

だが、いつもは店の手伝いなどしない大学生は、岡持ちに入っていたのだから店のものだと思ってしまったらしい。

大学生は金の盃を洗ってカウンターに置いておいた。そこに男性客が来てカウンターに座った。遅めのランチで寿司をつまんでいた客が盃に目をとめ、「素晴らしい」と褒め称えた。

どこでこれを？　と訊かれた老主人が、「よくわからない。孫がうちのもんだと思ったらしくて」と答えると、その客が譲ってほしいと言い出した。

どうしても、と言われた老主人は、タダで盃を譲ってしまった。とはいえ、その客は多めに代金を払っていった……。

「どんなお客さんだったんですか？」と、一部始終を見ていた大学生に翔太が尋ねたが、馴染み客ではなかったようだし、素姓はわからないという。

手掛かりは、それがメガネをかけた小柄な三十代くらいの男性で、骨董の食器に詳しいこと。かなりのグルメのようだったこと。近くの出版社で次に出す本の打ち合わせをしたあと、ここに寄ったと話していたこと――。

「もしかして……タッキー？」

そう思った剣士は、早速、タッキーこと滝原聡に連絡を取った。

蝶子の客であり、新装オープン前のつきみ茶屋に何度も来ているタッキーは、グルメ本のベストセラーを何冊も出している人気ブロガー。玄が憑依中の翔太を江戸料理のプロだと思い込み、「個人的に江戸料理を作ってほしい」と我が儘を言ってくることもある、三十代半ばの美食家だ。

メールを入れて電話をかけたが、タッキーはなかなか出なかった。やっと繋がったのは、初めに電話をしてから三時間以上も経ったあとだった。

「もしかしてタッキーさん、今日の昼すぎに寿司屋さんでランチしました？」

『いきなりなんだよ。したよ、寿司屋でランチ』

「そ、そのとき、金メッキの盃を譲ってもらいましたよね？　ご主人に」

『……それがどうしたの？　なんで知ってるのさ』

「実はその盃、うちのものなんです。代々伝わってきた大事な盃でして。それが、アクシデントで寿司屋さんに紛れ込んじゃったんです！」

剣士はタッキーに事情を説明し、盃を返してもらえないかと頼み込んだ。

「お礼はさせてもらいます。どうかどうかお願いします」

『まあ、考えてあげてもいいけどさ、ボク、これから海外取材なんだよね。グルメ本のアジア版作るから、タイ、マレーシア、シンガポールを回ってくるんだ。いま空港でもうすぐ搭乗する。帰国したら連絡するよ』

「そんな……いつ帰国するんですかっ？」

『半月くらいは帰れないね。金の盃は家にあるから、戻ったら持ってくよ。……あ、搭乗アナウンスだ。またね』

そこで通話は切れてしまった。

「半月後って、それまでこの状態でいなきゃいけないの？　和樹の誕生日にも間に合わないよ！」

再び嘆き始めた水穂に、翔太が神妙な顔つきで告げた。

「姉さん、本当に申し訳ない。盃が戻るまで、和樹をうちで預かるわけにはいかないかな？　学校は休んでもらえると助かる。理由は……そうだな、転んで足の骨にヒビが入った、とか。誕生日も何とかするよ。和樹がクラスメイトと馴染むように、オレも協力する」

「もちろん、僕も協力します。店のオープンにも間に合わないので、そのあいだもいてもらうことになりますけど」

「そうだ、和樹は紫陽花亭の跡取りになるかもしれないから、つきみ茶屋が新装オープンする様子を見せてもいいんじゃないかな？　未来の経営者の英才教育になるかもしれない」

「そりゃいい考えだ。俺も手伝うぜ」と玄も翔太の援護をする。

「玄さんはちょっと黙っててね」

若干(じゃっかん)イラついたような水穂だったが、翔太と剣士の説得によって、ついに覚悟を決めた。

「わかった。しばらくここの準備を手伝うって、お父さんたちに説明する。旦那は京都の姉妹店に出張してるから、なんとかなると思う。で、わたしもここに来て和樹の様子を見る。なにしろ緊急事態だから、紫陽花亭の仕事も休ませてもらう。早速だけど、今日からわたしもここに泊まるからね。あとで荷物取ってくる。剣士くん、それでいい？」

うわ、桃ちゃんが来るのに、水穂さんも泊まるのか。まあ、玄さんが憑依した和樹くんを、ひとりで預けるのは当然不安だろう。部屋はあるからなんとかなるか……。

一瞬だけ逡巡（しゅんじゅん）したが、剣士は「もちろんですよ」と微笑んでおいた。

そんな中、スマホに着信があった。相手は桃代だった。

『あ、剣士？　大通りまで車で来たんだけど、荷物が重いから運ぶの手伝ってくれる？』

「わかった。すぐ行くよ」

人使いが荒いなあ。今や社長様だもんな。

急いで石畳の路地を抜け、大通りに向かうと、ド派手な赤いフェラーリが路肩に停まっていた。助手席の扉が開き、カジュアルなニットワンピースにコートを羽織った桃代が、中から出てきて剣士に手を振った。

おお、桃ちゃんこんな高級車に乗って来たのか。さすがだなあ。

驚きつつも感心しながら近寄ると、運転席からサングラスに革ジャン、革手袋をした長身の男性が、大きなボストンバッグを手に現れた。

「桃代さん、これ」と男が桃代にバッグを渡そうとする。

「ありがとうございます。剣士、悪いけどこれ運んでもらっていい？」

「あ、うん」

ずっしりと重いバッグを受け取った剣士に、桃代が言った。

「こちら、知り合いの黒内武弘（くろうちたけひろ）さん。武弘さん、うちの従弟の剣士です」

紹介されて、剣士は武弘と挨拶を交わした。

「どうも、黒内です」と、武弘は革手袋をしたまま名刺を差し出してくる。

〝黒内屋　専務取締役　経営企画部本部　黒内武弘〟とある。

「すごい、あの黒内屋の？　黒内さんってことは……？」

「親父が社長、やってるんですけどね。私なんかまだまだひよっ子です」

サングラスをかけたまま薄く笑った彼は、穏やかな口調とは裏腹に、威圧的な感じのする男性だった。ガッチリとした広い肩、見上げるほどの長身。微かにオーデコロンの香りが漂ってくる。衣服はいかにも高級そうで、住む世界が違うと思い知らされる。

なにしろ黒内屋といえば、和食系ファミリーレストランを全国展開している大手外食チェーン。この武弘という人は、その会社の御曹司なのだ。

「武弘さん、送っていただいてすみません」

桃代が黒内に深々と頭を下げる。

「いや、送らせてほしいって、ご自宅まで押しかけたのは私ですから。名残（なごり）惜しいですが、今日は失礼します」

「本当に助かりました。ありがとうございます」

「桃代さん、改めてお誘いしてもいいですか？」

「……はい。ぜひ」

ややぎこちなく答えた桃代に「じゃあ、また」と微笑み、武弘は颯爽とフェラーリに乗り込んだ。桃代は爆音をたてて去っていく彼を、黙って見送っていたのだが……。

「……あー、しんどかった」と小声でつぶやく。

「あの人、桃ちゃんの彼氏的な人？」

「なわけないじゃん。異業種交流会で知り合っただけ」

即答する桃代の顔は、固く強張っている。

桃代いわく、交流会後に一度だけタクシーで自宅まで送ってくれた武弘は、それから頻繁に連絡をよこすようになったという。

そして彼は、今日も「お仕事中ですか？」と桃代にメールで尋ねてきた。「いま自宅で、これから神楽坂の従弟の家に行きます」と返事をした結果、「お宅の近くにいるので、神楽坂まで車で送ります」と、半ば強引に送られることになったそうだ。

「迷惑なのよ、本当は。いきなり送りますって言われてさ。何かと誘って来るし、困ってるんだ。でも、仕事関係者同士で繋がってるから、無下にはできなくて」と訴える桃代。

要するに、自信満々で強引で、いかにも金持ちのボンボン風の武弘を、桃代は快く思っていないようだった。

「そういえばさ、剣士の借金問題、解決したの？　あんたがお金借りに来たとき、断っちゃってごめんね。私にもいろいろあってさ」

「自力でなんとかなった。桃ちゃんに借りなくてむしろよかったよ」

昨夜までの剣士は、父が遺した借金の問題でてんてこ舞いだった。どうにかしたくて桃代を頼ってもみたのだが、あっさり断られて孤軍奮闘。翔太や玄の協力もあって、どうにか解決したばかりだった。なのに、一難去ってまた一難。トラブル続きで倒れてしまいそうだ。

「すご、自分で解決したんだ。見直したよ。経営者になるならそのくらいの気骨がないとね。じゃあ、つきみ茶屋は予定通りオープンできそうなの？」

「なんとかなると思う」

「そっか……」と受けてから桃代は立ち止まり、こめかみを指で押さえた。

「どうかしたの？」

「あのさ、猛烈に頭が重くなってるの。家に行ったら横になっていい？」

「もちろんいいけど……ちゃんと歩ける？」

「大丈夫だけど、いまにも寝ちゃいそう。仕事でずっと寝不足だったし、お雪さんのこともあるし、身体が悲鳴あげてるみたい」

ふわぁぁ、と桃代が大きく欠伸をする。

これはもしや、お雪さんに変わる前兆なのか……？

でも、お雪さんになったとしたら、子ども姿の玄さんはどうするんだろう？　翔太にならなきゃ会いたくないって言ってたよな……。

剣士は疑問だらけのまま重いボストンバッグを抱えて、桃代を家まで連れていったのだった。

「あー眠い。もう無理。ごめん、ちょっと剣士の部屋借りるね。これ、ブロンズの盃。預けておく」

店に入るや否や、桃代はバッグから布に包んだ盃を取り出し、剣士に渡して二階へ上がっていった。

剣士は素早く布を外して、盃をカウンターに置く。

鈍く光る青銅の盃。お雪の魂を封じていた器。

よく磨かれてある。形は金の盃とほぼ同じだ。

「ブロンズの盃か。金とは趣が異なる美しさだな」

翔太が目を細める。

「玄さん、この盃、江戸時代につきみで見たことありますか？」

まじまじと盃を眺めたあと、玄は「いや、知らねぇな」と首を振った。

「俺はつきみに仕出し料理を届けてただけだからよ。酒の準備はつきみの主人がしてたもんさ。俺が毒見で使った金の盃も、つきみにあったもんだ。これもきっとそうだろ。――それにしても、お雪さん、ここに封じ込められてたのか……。お互い、永かったなあ。もう百七十年も経っちまったよ……」

しんみりと言いながら、玄は愛おしそうに小さな手で盃を撫でた。

見た目は小学二年生の和樹だが、中身は江戸末期に料理屋を営んでいた、二十七歳の男性なのだと実感する。

「なあ剣士、上の桃代さん、このままお雪さんに変化するんじゃないか？」

「かもしれないね」

翔太に答えると、玄が「それは困るなぁ」と細い腕を組んだ。

「さっきも言ったけどよ、俺は翔太に取りついてから、お雪さんになった桃代に逢いたいんだ。和樹のままじゃ嫌なんだよ」

「そんな玄さん。せっかく再会できるチャンスなのに……。桃ちゃん、お雪さんを封印してもらうためにここに来たんですよ。ずっと憑依させる気なんて、彼女にはないと思う」

「でもな、嫌なもんは嫌なんだ。俺だって男なんだよ！」

玄が語気を荒くした。

「子どもの俺を、お雪さんが男として見てくれると思うかい？　このちっこい手じゃ、料理だってまともにできやしねぇ。お雪さんに俺の膳を食ってもらうことも叶わねえよ。これは奇跡の再会なんだぜ。百七十年ぶりの再会だ。一人前の男としてお雪さんに逢いたいんだよ。頑固で我が儘かも知れねぇけどよ、俺のこの気持ち、ちったぁ汲んでおくれよ」

小柄な身体で切実に訴える玄。

剣士も翔太も、何も言えなくなってしまった。

「……じゃあ、こうすればいいんじゃない」と、水穂が口を開く。

「桃代さんがお雪さんになったら、事情を話して青銅の盃に一旦戻ってもらう。で、タッキーさんが帰国したら、金の盃で玄さんを翔太に憑依させる。そのあと、桃代さんに協力してもらって、一度だけお雪さんになってもらうの。どうかな？」

「そんなにうまくいくか？　お雪さんや桃代さんの気持ちだってあるだろ？　勝手に決めすぎじゃないかな」

弟の翔太に指摘され、「ま、そうだよね……」と水穂が提案を引っ込める。

「でも、お雪さんはこう言ってたよね。一度だけ玄さんと逢えたら、成仏できる気がする。たとえそうじゃなくても、青銅の盃に戻るって。その約束は守ってくれるって、僕は信じる。問題は桃ちゃんだ。彼女がすんなり承諾するとは思えないんだよね」

「うーむ、何かいい方法があればいいのだが……」

剣士と翔太が話していたら、階段を下りてくる音がした。桃代とは比較にならないほど、おしとやかな足音だ。

「桃ちゃんじゃない、お雪さんだ。やっぱり変化したんだ」

剣士がつぶやくと、玄があたふたと立ち上がった。

「俺は物置に隠れる。この姿じゃお雪さんには逢えねぇ。あとは頼んだぜ」

呼び止める間もなく、玄は一階の物置にダッシュしていく。

そんなに和樹のままで逢うのが嫌なのか。ならばしょうがないな……。

剣士は「玄さんのことはお雪さんに黙っておこう」と、翔太と水穂にささやいた。

玄が姿を隠すと同時に、メガネを外したお雪が階段から顔を覗かせた。

「あの……あたし、寝入ってしまったようなんです。申し訳ございませぬ」

「いえ、気にしないでください。こちら、翔太のお姉さんです」

「初めまして。水穂と言います」

水穂に挨拶され、お雪も「お初にお目にかかります。お雪と申します。この度はお騒がせして申し訳ございませぬ」と丁寧に頭を垂れる。

「……別人ね。黒子もある」とささやく姉に、「だろ」と弟が頷く。

お雪はおどおどと周囲を見回して、「あたし、桃代さんに戻ってたんじゃないですか？」と、誰にともなく問いかけた。

「なんでわかるんですか？」

翔太が逆に質問すると、彼女は「夢を見たのです」と話し始めた。

「あたしはまた妙な乗り物に乗ってました。すごく速くて大きな音のする乗り物です。お隣に、よくしゃべる男性が座っていて、あたしを何度も桃代さんと呼びました。呼ばれる度に、とても……とても嫌な気持ちになって……。なぜか、その男性のそばにいるのが苦痛だったんです。漂っている匂いも不快でした」

黒内屋の専務で御曹司、武弘のことだ。

桃ちゃん、お雪さんが夢として感じるくらい、彼のことが苦手だったのか。

剣士は気の毒になりながら、革ジャンに革手袋、サングラスの武弘を思い起こしていた。

「その男性は桃ちゃんの知り合いです。桃ちゃん、一度自宅に戻って彼に送ってもらったんですよ。車っていう乗り物で」

「やはり、あれは夢のようで現実だったのですね。……それで、玄さんはどうなったのでしょう？」

お雪から真っすぐに見つめられて、「そのことなんですけど……」と剣士は話を切り出し、金の盃が戻るまで玄との再会は無理だと説明。それまでは一旦、青銅の盃に戻ってもらえないかと、心苦しいながらも頼み込んだ。

「――承知しました。桃代さんは、お仕事で忙しい方のようですね。ご迷惑はかけられませぬ。皆さんを信じて、盃を使わせてもらいます。ですが……」

そこでひと呼吸入れてから、お雪は座敷席に上がって正座をした。

「お願いいたします。一度だけ。一度だけで構いませぬ。玄さんに逢わせてください。どうしても話がしたいのです。こんな機会、もう二度と訪れないと思うのです。どうかどうか、お願いいたしまする」

両手を畳について頭を下げるお雪。丸まった肩から、その真剣さが伝わってくる。物置にいる玄を引っ張り出したい衝動に駆られたが、なんとか抑え込んだ。

「わかりました。お約束します。だから頭を上げてください」

剣士は断言しながら、自分がどうにかするしかない、と腹を括った。

それからすぐ、お雪は青銅の盃に日本酒を注ぎ、深爪した指の傷から一滴だけ血を垂らして一気に飲み干した。やがて、カウンターに突っ伏して「玄さん……」とつぶやき、寝入ってしまった。すると……。

「お雪さん……」と、和樹、ではなく玄の声がした。

物置から様子を窺っていたのだろう。忍び足で近寄ってくる。

「本当にお雪さんの魂が蘇ったんだな。夢みたいだ。俺に逢いたがってくれて、とんでもなくうれしいよ。なのに隠れちまってすまねぇ。俺だって逢いたかった。本当は話したかったんだよ。でもな……」

感極まったようにささやき、想い人の寝顔をひたすら見つめる。

「相手が子どもじゃ、お雪さんが戸惑っちまう。そんな気がしたんだ。だから、ちょいとだけ待ってておくれ。俺は一人前の男としてお雪さんと逢うよ。俺たちの子孫が力を貸してくれるから、信じて待っててほしいんだよ」

それは、いつもの陽気で豪快な玄ではなかった。

好きな女性を思いやる、健気（けなげ）で一途（いちず）な青年だ。

なんとしてでも彼の願いを叶えてやりたいと、剣士は改めて思う。

玄は誰も声がかけられないくらい張り詰めた表情で、お雪を見続けていた。

ほどなく目を覚ましたのは、お雪ではなく現代っ子の桃代だった。

「え？　お雪さん封印してくれたの？　助かるー。ホントは明日も仕事が目一杯入ってたの。これで部下に迷惑かけずに済む。じゃあ、ここには泊まらないで自宅に戻るね」

事情を把握した途端、さっさと二階に荷物を取りに行こうとする。

「あのさ、桃ちゃん」

「ん？　なに？」

金の盃がうちに戻ったら、もう一度だけお雪さんと玄さんのために青銅の盃を使ってもらえないか？　と言いたかったのだが、口からこぼれたのはまったく別の言葉だった。

「今、なにがそんなに忙しいの？」

「新しいゲームの制作。まだシナリオが固まってなくてさ。あれだよ、剣士のお陰でゲーム化できた『サイコの記憶』。あの続編を作ることになったの。いろんなライターに振ってるんだけど、なかなかいいシナリオがあがってこなくて……」

『サイコの記憶』とは、桃代がゲームクリエイターとして認められた最初の作品。剣士が高校生の頃、小説を書こうとして考えたのに最後まで書けなかったため、桃代に譲ったプロットをストーリー化したアドベンチャーゲームだった。今でも伝説のインディーズゲームと言われているらしい。

「今週中にはなんとか固めたいと思ってたんだ。だから時間が省けてホントよかった。ありがとね。ブロンズの盃はここに置いてく。家にあると気味が悪いからさ」

桃代は素早く身支度を整え、「店がオープンしたら食べにくるね」とだけ告げて、皆への挨拶もそこそこに出ていった。

「剣士……。お雪さんのこと、どうするつもりだ？」

翔太に尋ねられ、剣士は額に手を当てて「言えなかったよ」と弱々しくつぶやいた。

「またお雪さんを憑依させてほしいなんて言ったら、秒速で断られるに決まってる。お雪さんから解放された桃ちゃんの頭は、ゲームの仕事で一杯だったからね。少し落ち着くまで待ったほうがいい。そう判断したんだ」

「なるほど。確かに時間を置いたほうがいいかもしれないな。桃代さんのことは剣士に任せるよ」

低音で落ち着いた翔太の声は、いつも剣士を力づけてくれる。

「大丈夫だ。絶対に桃ちゃんを口説いてみせる。だから玄さん、安心して待っててください……あれ？」

いつの間にか、玄、すなわち和樹も、水穂の膝に頭を置いてウトウトしていた。

「玄さん、コトンって横になっちゃったの。きっと和樹に戻るんだと思う。この隙に、わたしも実家に戻って泊まり支度してくる。だから、このまま寝かせておいてあげて。起きたら夕飯食べさせてお風呂に入れないと……」

夕飯と聞いて、剣士はもう日が暮れかけていたことに気づいた。

「夕飯はオレが用意しておく。和樹、なんか好物あったっけ？」

「グラタンとかハンバーグとか、子どもが一般的に好きなもんはなんでも好き。うち、和食が多いから洋食のほうがよろこぶかな」

「わかった」

その夜、翔太が用意したのは、本格的なデミグラスソースで食べるミートローフだった。

ハンバーグの種をパウンドケーキの形に焼いたもので、カットすると中に詰めたゆで卵や人参、インゲンが顔を出し、豊かな彩りが食欲をそそる。

さらに、スライスして炒めた玉ネギやじゃが芋に、クリームソースとグリエールチーズを載せて焼き上げたポテトグラタン、生ハム入りシーザーサラダ、ガーリックトーストを手早く準備した。

「うわー、すごい！　翔太兄ちゃん、今夜はご馳走だね」

自分の置かれた状況を把握していない和樹は、無邪気に料理を平らげ、翔太と一緒に風呂に入ってはしゃぎ回り、終始上機嫌だった。

――この日から水穂は、玄と入れ替わるようになった和樹と一緒に、つきみ茶屋の二階で暮らしている。玄は子ども姿のままで、開店準備を手伝うようになった。

そんな常軌(じょうき)を逸した奇怪な日々を経て、つきみ茶屋はついにオープン日を迎えたのである。

第2章「オープンの献立〝十五夜の月見膳〟」

新装オープンしたつきみ茶屋の、記念すべき初の献立〝十五夜の月見膳〟。

一品目として提供した白、黄、紫の〝三色月見団子〟は、見た目の可愛らしさもあり、主に女性客から高評価を得たようだった。

続いて提供したのは、〝秋鮭入り里芋饅頭〟だ。

潰した里芋に細かくした蓮根を混ぜ、秋鮭の切り身を入れて饅頭の形にし、片栗粉をまぶしてサクッと揚げる。盛りつける際に、二番出汁を醤油や砂糖で甘辛くし、とろみをつけた紅餡をたっぷりとかけて三つ葉を添える。熱々の湯気が立っているうちに食べてもらわないと、この料理の神髄は伝わらないだろう。

「里芋も十五夜には欠かせない食材。冷めないうちに召し上がってください」

剣士に勧められ、いち早く箸をつけたのは芸者姿の蝶子だった。

「あー、いい香り。出汁を贅沢に使ってるのね。見た目は狐色に揚がった里芋のお饅頭。中身は……あら、鮭が半生よ！」

「秋鮭を冷凍したもの。ルイベ、と呼ばれる北海道古来の保存食です。本来は冷凍したまま刺身として食べますが、今回は余熱で半生状態になっております」

説明しているあいだに蝶子が料理を食べ進める。

「これは面白いわね！　外側はカリッとしてるけど、里芋ならではのねっとり感があって、蓮根のシャキシャキとした歯ごたえとのバランスが絶妙だわ。中の秋鮭はトロリとした半生のお刺身。甘みがあって美味しい。こんなお料理いただくの、初めてだわ」

「紅餡と里芋饅頭がアツアツなのに、中はほんのり冷たさの残る秋鮭。食感の違いだけじゃなくて、温度差も楽しむお料理なんですね。すごいアイデアですねえ」

静香もしきりに感心している。他のゲストも小さく歓声をあげながら、翔太が考案した里芋料理を堪能している。

「十五夜の里芋はな、基本的にそのまんま供えるだけだったんだ。でもよ、せっかく

〝十五夜の月見膳〟で勝負するんだから、江戸の常識にとらわれてちゃいけねぇ。うんと旨くて斬新な料理を考えようぜ」

そんな玄の言葉を受け、翔太が江戸の頃からあった食材を使い、調理法に工夫を凝らした献立を考え抜いたのだった。

「すみませーん。熱燗お願いします。お猪口はふたつで」

奥の席から注文をしてきたのは、従姉の桃代である。

ビジネス用のスーツを着込んだ桃代の隣には、黒内屋の専務で御曹司である武弘が、同じくスーツ姿でやや窮屈そうに座っている。サングラスを外した彼の眼は、堅気とは思えないほどの威光を放っていた。睨まれたらさぞかし恐ろしそうだ。

「少々お待ちください」

飲み物の用意をしながら、剣士は桃代から予約電話をもらったときの会話を思い出していた。多忙な彼女が仕事を切り上げてわざわざ来てくれるのは、お雪の憑依を剣士たちが解除した礼も兼ねているのかと思ったのだが……。

『実はね、武弘さんがどうしても剣士の店に行きたいって言うの。もちろん、私もオープンしたらすぐ行くつもりだったんだ。ひとりでね。でも、強引に迫られて断れなくなっちゃって……』

「桃ちゃん、その気がないのに食事なんてして大丈夫？　相手に誤解させちゃったら、面倒なことになるかもよ」

『そうなんだけどね、黒内屋とのタイアップのゲーム企画も提案されてるから、マジで無下にはできないんだ。クライアントの接待だと思って連れてくよ。だから、ふたり分の予約をお願い』

桃代は会社のために、無理をして武弘の誘いを受けているようだった。

大変なんだな、桃ちゃん。ゲーム開発やコンサルティングだけじゃなくて、付き合いや根回しも社長の大事な仕事なんだもんな……。いや、他人事じゃないだろ。自分だって彼女を見習わないと。

内心で自分ツッコミをしつつ、「お待たせしました」と熱燗と猪口を運ぶ。

「ちょっと剣士、いいお店じゃない。コンセプトも面白いし、お料理も独創的で美味しいし、コスパも悪くなさそう。正直、想像以上で驚いちゃった。ますます見直したよ」

にこやかに褒めたあと、「継続できるかが問題だけど」と言い添える。

「確かにその通りですね」

桃代に注がれた酒を口に運びながら、武弘が厳しい視線を剣士に向ける。

「店を立ち上げるのは簡単だけど、続けるのが難しい。さらに難しいのが撤退時の見極めだ。閉める際もかなりの費用がかかるからね。始めるときは終わりなんて考えないものだから、いざとなってあわてる店主が大半だ。そもそも、飲食店の生存率は年々厳しくなっている。新型ウイルス問題があったせいで、さらに拍車がかかってしまった。株取引なんかと同じで、潔く損切りできない経営者には悲惨な末路が待っているんだよ」

新装オープンしたばかりなのに、この場でそんな話されたくないな。もちろん先輩たちからのアドバイスなんだろうけど、やる気がそがれてしまう。

「肝に銘じて頑張ります。では、ゆっくりしていってくださいね」

心の声が漏れないよう、しっかりと微笑んでその場を離れた。

「ほらほら、次ができ上がってるぜぃ。運んでおくれ」

厨房で幼い和樹が声を張りあげている。中身は玄なのだからべらんめえ口調で指示されて当然なのだが、いまだにすんなりとは受け入れられない。どうしても違和感が拭えない。

「剣士、葉が熱いから気をつけて」と翔太が調理の手を休めずに言う。

「そうだな。客人にも触れないように伝えておくれ」と玄も続ける。

「了解」と返答しながら、剣士はふと思う。

ひとつの身体を共有していた玄と翔太が、一緒に厨房に立っている。これは、以前ならあり得なかった光景だ。

初めは驚愕と混乱しかなかった玄の和樹への憑依。しかし冷静になって考えてみたら、大きなメリットがあることも事実だった。

翔太から離れた玄と、つきみ茶屋に滞在するようになった水穂。このふたりは飲食店に深く関わる者たちだ。つまり、思いがけず人手が増えることになったのである。

何かと忙しいオープン準備が思いのほかスムーズに進められたのは、明らかにそのお陰だった。翔太とふたりだけだったら、もっと苦戦を強いられていただろう。

「水穂さん、サポートお願いします」

「はいはい、早く運びましょ」

三品目の料理を、水穂に手伝ってもらいながら各膳に運ぶ。

平皿からはみ出している焦げ茶色のものは、日本に自生する落葉樹の中で、最も巨大とされる朴（ほお）の葉。その上に敷かれているのは、野趣溢れる朴葉の匂いをまとった熱々の味噌。そして、見事な焼き色のついたヒレ肉を、ひと口大にカットしたステーキ。さらに、大きめの焼き松茸が添えてあり、芳醇かつ上品な香りを放っている。

うわ豪華！　美味しそう！　いい香りー。と、ゲストたちから華やいだ歓声があがる。

「こちら、〝紅葉と松茸の朴葉味噌焼き〟でございます」

剣士が告げると、即座に静香が「モミジ？　朴葉のこと？」と首を傾げた。

「違うわよ。紅葉ってのは、鹿肉の隠語。猪肉を牡丹って言うでしょ。あれと同じ。ね、剣士くん？」

蝶子が勝ち誇ったような表情で剣士を見る。

「その通りです。一説によると、〝花札〟に鹿と紅葉が描かれていることから、紅葉という隠語がついたそうです。こちらがその花札。紅葉の左下に鹿がいますよね」

剣士は懐から花札を取り出し、ゲストたちに見せて回る。

「蝶子さん、大当たりじゃないですか」

静香に褒められ、すまし顔をする蝶子だが、口元は緩んでいる。

「ほら、最近すごいグルメブロガーと仲良くなったからさ。彼の受け売りよ」

すごいグルメブロガーとは、蝶子の顧客となったタッキーのことだ。

「ジビエの鹿肉ですね。フレンチでよくいただきます。中がレアで美味しそう……」

静香は料理から目を離さない。

「こちら、猟師さんから取り寄せたエゾシカのヒレ肉です。お熱いうちに召し上がってください。葉も熱いので触れないようにお気をつけくださいね」

そう言うと、ゲストたちは一斉に箸を動かし始めた。

静香はエゾシカのステーキを頬張るや否や、口に片手を当てて「すごい……」と感極まったような声を漏らす。

「お肉がめちゃくちゃ柔らかくてジューシーです。牛のヒレ肉に近いけど、全然臭みがないからいくらでも食べられそう。お味噌もただの焼き味噌じゃない。ネギとか松の実が混ざってますね。塩味は控えめで甘みがあって、お肉がより美味しく感じられます。朴葉の香りがお料理を引き立てていて……もう、語彙が足りない。とにかく最高に美味しいです！」

「松茸もすごく美味しいわよ。あらかじめ焼いた松茸を朴葉焼きにしてあるのね。個性的な味噌に負けないくらい香りが強い。まさに秋を食べてるって感じがするわ。これもお酒が進んじゃうわね」

蝶子も負けじと感想を述べ、冷酒から切り替えた熱燗を飲み続けている。

「江戸時代に食された肉と言えば、狩猟で得る野生鳥獣の肉。今で言うジビエが大半でした。それも、仏教の〝食べると穢（けが）れる〟という理由から獣肉食はタブーとされていたため、庶民はいろんな工夫を凝らしてお肉を食べていたそうです。〝肉は食べ物ではなく滋養強壮に効く薬〟としてみたり、紅葉や牡丹のように隠語で呼んでみたり。江戸末期には獣肉料理専門店も出現したそうですよ」

玄が得意げに話していたことを、自分なりの言葉で説明していく。

「朴の葉は、その大きさと丈夫さから、古代よりお皿の代わりに用いられていたそうです。殺菌作用もあるので、保存用に葉で食べ物を包むことも多かったようですね。火にも耐性があるので直火焼きもできて、その際に上がる煙が食材に独特の芳香をまとわせる。非常に使い勝手の良い葉っぱなんです。今回は自家製の味噌を朴葉に塗り、八割ほど調理した食材を盛りつけてから、直火焼きで仕上げました。鮮度抜群の鹿肉と旬の松茸を、朴葉味噌と共にお楽しみください」

一礼をして去ろうとした剣士の耳に、小さな拍手が飛び込んできた。

蝶子が満面の笑みで「剣士くん、楽しい食事をありがと」と手を叩いている。静香も「美味しくて楽しくて幸せな気持ちになります」と微笑み、一緒に手を叩く。他の客も、今にも拍手に加わりそうになっている。

「ありがとうございます。まだまだお料理は続きますよ。ご飯と汁物をご用意して参りますね」

顔が火照っている。鼓動が激しい。

「美味しい」「楽しい」「幸せ」。

ゲストから発せられた言葉が、高揚感となって体中を駆け巡っていく。

厨房に入ると、客席を窺っていた玄が剣士を見上げてニタッと笑った。子どもの和樹なのに表情で玄だとはっきり認識できる。それが不思議でしょうがない。

「どうだい。旨いって言われるのは気持ちいいもんだろ。いい店ってのはよ、来る人を幸せにする場所なのさ。つきみ茶屋もそうなる。そしたら俺たちも幸福で万々歳だ。旨い料理屋ってのは、最高の商売だと俺は思うぜ。自分が幸せにした人たちの顔を、間近で見られるんだからな」

「そう、かもしれないです」

少しばかり照れくさくて、曖昧に答えてしまった。

「かも、じゃねぇだろ。そうなんだよ」

「玄、しゃべってないで手伝ってくれ。椀の具を整えて、澄まし汁を注いでほしい」

翔太に頼まれて「あいよっ」と威勢よく応じる玄。つきみ茶屋で子孫の翔太や水穂と一緒に働けることが、うれしくて仕方ないようだ。

「飯も炊き上がった。剣士、姉さん、椀と一緒に運ぼう」

剣士と水穂が各膳に蓋つきの漆椀を配ると同時に、土鍋を抱えた翔太が座敷に現れた。

「翔ちゃん!」「翔太くん!」と、ファンから黄色い声があがる。

「皆様、お越しいただきありがとうございます。料理人の風間翔太と申します。当店のお食事は、土鍋で炊いた飯物と椀物で締めさせていただきます。今夜は銀杏(ぎんなん)と白米を炊き込んだ〝銀杏飯〟をご用意しました」

人々の期待に満ちた視線を一身に受け、翔太が土鍋の蓋を開ける。

ホカホカの湯気と共に、黄金色の粒が一面を覆った、目にも鮮やかな銀杏飯が姿を現す。翔太はしゃもじで切るように鍋をかき混ぜ、おこげが混じった銀杏飯を茶碗によそっていく。

その茶碗と漬物の小皿を、剣士と水穂が各自の膳に置く。

「銀杏飯はお代わりもございます。ご希望の方はお申しつけください」

言い終えると、翔太は会釈を残して厨房に戻っていった。

残念そうな顔をする女子たちが数名いたが、剣士は自分の役割をまっとうせんと息を吸い込んだ。

「お待たせいたしました。どうぞ、椀の蓋をお開けください」

一斉に漆椀の蓋を開ける音がし、「わ、キレイ！」と声がした。静香の声だ。

「こちら、〝月見椀〟でございます。半身のゆで卵を満月に見立てました。今が旬のカマスの切り身と、小松菜をあしらった澄まし汁です。小皿は自家製の赤カブの糠漬け。銀杏飯と一緒にお召し上がりください」

黒の漆椀の中央で存在感を放つ、半熟気味に仕上げたゆで卵の半身。まん丸の黄身はまさに満月そのもので、塩焼きにしたカマスの皮の銀色と共に、夜空で煌めいているように見える。少量の小松菜による緑とのコントラストも美しい。

「こちらのゆで卵は、羽毛は白いのに肉や骨が黒く、中国や韓国では薬膳料理の素材とされている〝烏骨鶏〟の卵でお作りしました。週に一個程度しか卵を産まないことから、一般的な鶏卵よりも栄養やコクがあるとされています。また、小松菜は江戸川区の東京野菜、〝ごせき晩生小松菜〟を使用しました」

「烏骨鶏の卵って、高級な薄茶色の卵ですよね。一度食べてみたかったんです。うれしいな。いただきます」

月見椀を食べた静香が、「黄身の味がものすごく濃い。小松菜もシャキシャキして美味しいです」と笑みをこぼす。

他のゲストたちも、誰もが満足そうな表情で箸を動かしている。……と思ったのだが、徹頭徹尾無表情のままだった人物が、ひとりだけいた。

桃代の隣にいる黒内武弘である。

――すごい威圧感だな。彼は和食系ファミレスを展開する外食チェーンの専務だ。単に桃代との食事が目的で来たのではないのかもしれない……。

ヒヤリと背筋に冷たさを感じた剣士だったが、蝶子の明るさがそれを救ってくれた。

「ちょっと剣士くん！　月見椀だなんてオシャレすぎ。脂ののったカマスじゃなくて、ゆで卵が主役ってことでしょ。十五夜の月見膳って、もしかしてメインがこの月見椀だったりするの？」

「いえ、どれがメインか、というコースのような考え方はしないようにしています。うちは大皿も小皿も椀物も、すべてがメイン料理なんです。……なんて、すみません。生意気なこと言っちゃいましたね」

「やだもー、受け答えもオシャレ。翔ちゃんが作った一汁三菜だもんね。どれもメインで納得だよ」

「わたしも蝶子さんに同感です。お料理のトータルのバランスが素晴らしいですもんね。……それにしてもこの銀杏飯、マイルドな塩加減とおこげが美味しいなあ。具が銀杏だけのシンプルさがいいですよね」

パクパクと飯を頰張る静香を、蝶子が微笑みながら見ている。

「静香ちゃん、気持ちいいくらいの食べっぷりね」

「もう、お箸が止まらないですよ。澄み切った汁に黄身の満月が浮かぶ月見椀と、噛むほどに味わい深くなる銀杏飯。それに、糠漬け加減が絶妙な赤カブ。ご飯、お代わりしちゃおっかな」

「そうしなさいな。静香ちゃん若いんだから、好きなだけ食べておいたほうがいいわよ。そのうち、食べた分だけ脂肪になってきちゃうんだから」

「蝶子さんみたいに、ずっとスリムでいられたらいいんですけどねー」

「それがさ、あたしも前はいくら食べても大丈夫だったの。でも、今は努力しないと維持できなくなっちゃって……」

「維持の仕方、伝授してください！」

なんだかんだ言っても、食事とおしゃべりを共に楽しんでいる蝶子と静香。バチバチ感の消えた彼女たちに剣士は胸を撫で下ろし、表情を変えない武弘を頭の中から追い払った。

「いやー、ウマいなぁ」「ホント。また来たいね」

カップル客の楽しげな声が聞こえてきた。その言葉を心からありがたく受け止める。

――食後の甘味として提供したのは、〝柿衣（かきごろも）〟の名を持つ江戸時代の和菓子だった。

まずは、干し柿のヘタを切り取って種をくり抜く。その中に茹でた栗を詰め、水溶き小麦粉でヘタをつけ戻してから、低温の胡麻油（ごまあぶら）で狐色に揚げる。油を落とした干し柿を食べやすく切ると、中からホクホクの栗が顔を出すというスイーツだ。江戸でも人気の甘味だったらしい。

ちなみに今回の柿衣は、玄が庭で作っていた干し柿で自ら作ったもの。なに分、子どもの小さな手なので調理に手間取っていたようだったが、剣士が味見した柿衣は絶品だった。

「栗を詰めてから干し柿のヘタをつけて、丸ごと胡麻油で揚げたんだ。手間のかかった一品だわ」

蝶子がカットした柿衣を楊枝（ようじ）で刺し、口元へ運ぶ。

「江戸では砂糖が贅沢品でしたから、砂糖よりも糖分のある干し柿は、最上級の和菓子とされていたそうです。そこに栗ですからね。一般庶民が頻繁に口にできるものではなかったのかもしれません」

剣士が答えると、先にひと口食べた静香がホウッと息をついて、煎茶(せんちゃ)を飲んだ。

「甘くて滑らかな干し柿と、ホックリとした茹で栗。上品なんだけどボリュームもあるお菓子です。お茶請けにもぴったりですね」

「実はコレ、うちの庭の渋柿で作った干し柿なんですよ」

剣士が打ち明けると、蝶子が「すごい！」と感動してくれた。

「食材も自家製で天然ものなのね！　これぞ本物の贅沢よ。つきみ茶屋って、本当にすごいお店だったのね……」

「蝶子さんにそう言ってもらえるとうれしいです。翔太もよろこびます」

本当の作り手である玄も、さぞかしよろこんでいるだろう。

「お世辞抜きでいいと思う。このお店、繁盛するわよ、きっと。あたし、そういうカンだけは働くんだ」

「奇遇ですね。わたしも直感力にはちょっと自信があるんです。ここは飲食業界で天下が取れるくらい、ポテンシャルがあると思ってるんですよ。だからアルバイトがしたかったんですけどね」

「静香さん、お気持ちだけでありがたいです。バイトさんを雇える余裕ができたら、ぜひお願いします」

いつものようにバイト志望のアピールをする静香。剣士は丁重な言い方で断っておいた。賢くて気の回る彼女なら、きっと戦力になってくれるだろう。だが、玄の憑依問題が片づかないうちは、うかつに他人を雇うわけにはいかない。むしろ、問題が複雑になるだけだと警戒していた。

甘味とお茶を味わっていたゲストたちに、最後の挨拶を述べた。

「本日は誠にありがとうございました。今後も、週ごとにテーマを変えた一汁三菜の箱膳を、こういったスタイルでご提供していきたいと思っております。これからも、創作江戸料理の店として生まれ変わったつきみ茶屋を、よろしくお願いいたします」

側に立つ翔太も礼を述べ、「ちなみに次週は、『紅葉狩りの行楽弁当』をテーマとした献立を予定しています。よろしければ、またご来店ください。お待ちしております」と深く腰を折る。

一斉に向けられる笑顔と歓声と拍手。最高の瞬間だ。

ところが、思いがけない言葉が耳に飛びこんできた。

「ここは江戸料理の店とは呼べないですね。本物とは程遠い」

黒内武弘だ。蛇のようなネチッこい目つきでこちらを睨んでいる。

「私はもっと素晴らしい、本当の江戸料理を知っている。こんな似非料理、認めるわけにはいきません。そもそも、江戸時代にルイべがあったとは思えない。保存用の氷を用意するのだけで大変だったはず。だからこそ、腐りやすい鮪のトロが捨てられていたわけですから。仮にも江戸料理を名乗るのであれば、もう少し勉強されたらいかがですか」

冷ややかな物言いで、温かかった場の空気が急速に冷めていく。

「武弘さん、今そんなこと言わなくてもいいじゃないですか。ここは本格じゃなくて創作江戸料理を謳ってるんだから」

桃代がフォローに入ったが、武弘は聞く耳を持つような男ではなかった。

「いや、この店のために言っておくんです。初めは物珍しさから客が来るかもしれない。でも、このままでは継続が難しいと断言しておきます。私も一応、飲食業界が長いのでね」

凍りついたような店内で、剣士が何を言えばいいのか考えあぐねていたら、甲高い男の子の声が響いてきた。

「おぃおぃおい、言ってくれるじゃねぇか！　お前さん、江戸時代から来たのかい？　じゃなきゃ料理が本物かどうか、わかりゃしねぇだろう？」

なんと、厨房から玄が飛び出してきたのだ。水穂が必死で肩を押さえているが、彼の勢いは止められなかったようだった。

武弘は信じられないものを見たような顔をしている。他のゲストも呆気に取られている。なにしろ、江戸弁で啖呵（たんか）を切っているのは、作務衣にねじり鉢巻きの幼い子どもなのだから。

「ここの料理が気に食わねぇってか。口に合わなかったんなら仕方ねぇさ。誰にでも好みってもんがあるからな。でもよ……んぐっ」

何かいいかけた玄の口を、水穂が両手で塞ぐ。

「すみません！　うちの子がお邪魔しちゃいまして。時代劇の見すぎなんです。ほら、行くわよ」

水穂に引きずられて、玄が厨房へと引っ込んでいく。

「なにすんでぃ！　離せって！」と厨房から玄のわめき声が聞こえる。

「……なんだろ？　面白い子がいるね」と蝶子がつぶやく。

「ですね。誰かに似てます」と静香が首を傾げている。

「皆様、大変失礼しました。知人の子を預かっておりまして。新装開店初日とはいえ、至らない点がありましたことをお詫びいたします」

剣士は謝罪の言葉を捻(ひね)り出していた。

玄の気持ちはありがたい。できれば自分も啖呵を切ってやりたい。だが、今だけは静かにしていてほしい。話がややこしくなるだけだ。

「黒内さま、勉強不足で申し訳ありません。これからも精進して参りますので、どうかよろしくお願いいたします」

さすが、接客業に慣れている翔太。あくまでも冷静に丁寧に、武弘へ頭を下げている。

「……まあ、いいでしょう。私も言いすぎました」

潮時だと察したのか、武弘も大人の態度を取り戻した。

「それでは失礼。おつりは結構です。桃代さん、行きましょう」と膳の上に札を置き、スタスタと店を出ていく。

「あの、皆さん気になさらないでくださいね。あくまでも彼個人の感想にすぎないので。私はすごくいいお店だと思いました。また伺(うかが)わせてもらいます」

そう言い残して、桃代は武弘のあとを追う。

「ありがとうございました」と礼を述べつつ剣士も桃代を追い、引き戸の外で声をかけた。

「ねえ桃ちゃん。武弘さん、なにがそんなに気に食わなかったのかな？」

「わかんない。食事は普通にしてたんだけどね。あとで詳しく聞いておく。空気を壊しちゃってホントごめん。今夜は帰るね」

足早に去っていく桃代を、剣士は黙って見送るしかなかった。

だが、どうしても武弘への違和感が拭えない。

あの男はどこか変だ。桃ちゃんに不快感を与えていることに気づかないのだろうか？　それとも、別の目的があってわざと横柄(おうへい)にしてるのか？

答えの出ない疑問が、脳裏を駆け巡っていた。

◆

その後、剣士と翔太はどうにかゲストたちを盛り上げて、粗相のないように送り出した。最後に残ったのは蝶子と静香だ。

「感じワルッ！　ああいうイチャモン野郎ってどこにでもいるのよ。気にしてたらキリがないから、とっとと忘れたほうがいいわ」

我がことのように蝶子が憤慨している。

「そうですよ。お料理もサービスもすごく良かったです。次は家族も連れてきたいから、また予約させてください。それにしても……」

静香は厨房のほうに目をやった。

「あの威勢のいい男の子、以前の翔太さんとオーラが似てましたね。すごく気になっちゃいました」

「あたしも。粋な子だったわよね。もしかして、翔ちゃんの親類なの？」

事情を知らない彼女たちに、「当たり。オレの甥っ子。和樹っていうんだ」と翔太が答える。

「もう二階に行っちゃったみたいだ。そろそろ二回転目の準備があるから、機会があったら改めて紹介するよ。蝶子、今夜は本当にありがとう。静香さんも、また来てくださいね」

翔太は、まだまだ話していたそうなふたりを、どうにか送り帰した。

その途端、ねじり鉢巻きを外して白い前髪をさらした玄が、厨房から出て来て怒声を発した。

「なんなんだよ、あの文句垂れ野郎は！　さっきも言ってやったけどよ、本物の江戸料理なんて、この時代の奴が食ったことあるわけねぇだろうが。もっと勉強しろ？　そりゃこっちの台詞（せりふ）だわ。おととい来やがれってんだ！」

「玄さん、抑えてください。気持ちはわかるし僕も同感だけど、一応、桃ちゃんが連れてきたお客だから」

「そうよ。どんなお客様がいてもキレちゃだめ。冷静に対応しないと店の評判が悪くなるんだからね」

剣士と水穂に窘（たしな）められ、玄が「なんでぃ、俺が悪いのかよ」とむくれる。

「でも、確かにずいぶんな物言いだったな。新装オープン早々、水を差された気分だ」

翔太は腕を組み、眉をひそめている。

「桃代さんの知り合いなのよね。なにしてる人なの？」

水穂に尋ねられ、剣士は彼の素姓を明かすことにした。

「黒内武弘。黒内屋の御曹司で専務です」

「黒内屋？　マジで飲食店関係者だったのか。しかも専務……。絡まれたらやっかいな相手かもしれないな」と翔太が考え込む。

「くろうちや？　せんむ？　なんでぃそりゃ」

意味がわからない玄のために、嚙み砕いて補足する。

「黒内屋は、国内でいくつも和食屋を経営する大きな組織で、武弘さんは組織長の息子。専務ってのは、簡単に言うとお偉いさんです。彼は桃ちゃんの仕事関係者で、桃ちゃんにつきまとってるみたいなんですよね。お得意さんになるかもしれないから無下にできないって、桃ちゃんも困ってました」

「ってこたぁよ、同業者が足引っ張りにきたんじゃねぇのか？　前からある店が新しい店をつぶしにかかる。どんな世界にもいるんだよ、小汚ねぇ手を使いたがる奴ってのがな。あの野郎、異様な気を発してやがった。悪だくみする奴の顔だ。ちきしょう、今度来たら只じゃおかねぇぞ！」

ますます激高する玄。普段は愛らしい息子が江戸弁で憤る様子を、水穂が複雑な表情で見ている。

「玄、そこまでにしておこう。次は二回転目だ。黒内のことは一旦忘れて、仕事に集中してほしい。オレは誰にどう貶(けな)されても、ここは最高の店になるって信じる。末永く続けていく。そのために、もっと勉強するつもりだ。剣士、玄、頼りにしているからな」

冷静かつ力強い翔太の声で、玄も「お、おう」と矛(ほこ)を収める。

「翔太、ありがとう。僕も同感だ。このくらいのことで動揺してる場合じゃない。初日の幕は上がったばかりなんだから、最後まで全力でやり切ろう」

自分に言い聞かせるように言葉を嚙みしめる。

「翔太ってば、大人になったわねえ。剣士くんも。わたしも手伝うから、みんなで頑張ろうね」

紫陽花亭の仕事を休んで手伝っている水穂。気配り上手で物腰も柔らかく、どう動けばいいのか瞬時に察知してくれるので、非常に頼りになる。

それにしても……と、剣士は内心で感銘を受けていた。

翔太の気構えや機転には恐れ入る。周囲を安心させる落ち着いた態度、感情に流されない肝の太さ。本当に得難いパートナーだ。同性ながら惚れ惚れしてしまう。

「よっしゃ、気合だ！　気合を入れ直していくぜぃ！」

ねじり鉢巻きをつけた玄が、厨房に入って包丁を握ろうとする。

「危ないからダメよ。玄さんはここの刃物使わない約束でしょ。身体はうちの和樹なんだから」

「ああ、そうだった。ちっ、子ども用の包丁じゃ魚も捌（さば）けねぇ。腕が鈍っちまいそうだ」

玄は水穂から、刃物禁止令が出されていた。小さな手でプロ用の包丁を操るのは危険すぎるので、翔太の補佐的な作業しかできずにいる。しかも、椅子に乗らないと手が届かない場所だらけなのだが、生き生きと厨房を動き回っていた。

ちなみに刃物恐怖症だった剣士は、刃先が黒くて軽いセラミック包丁なら、どうにか使えるようになっていた。豆腐など柔らかいものを切るくらいではあったが、剣士にとっては確かな進歩である。玄や翔太のお陰だった。

二回転目の客をもてなし、ようやくオープン初日が幕を閉じた。

しゃかりきに動いていた玄は、二階の居間で賄（まかな）いを食べるとすぐに寝入ってしまった。なにしろ身体は八歳なのだ。たっぷりと睡眠を取る必要がある。このまま明日の午前中まで起きないはずだった。

「お疲れ様。初日は満席で上々だったね。変な男の人も交じってたけど、あんなの飲食店アルアルだから気にしなくていいと思うよ」

客間に息子（玄）を寝かせてから、水穂が居間に戻ってきた。

「水穂さん、今夜はありがとうございました。マジ助かりましたよ」

「いいよ、接客もお運びも慣れてるしね。それに、和樹のことがなかったとしても、ここがオープンしたら手伝いに来ようと思ってたんだ」

本心かどうかわからないが、水穂の笑顔は乾いた土にまいた水のごとく、剣士の心を潤してくれた。さすが翔太の姉、本当に頼りになる。

「姉さん、いろいろ申し訳ない。金の盃が戻ってくるまで、しばらく頼むよ」

殊勝に頭を下げた弟に、水穂は視線を向けた。

「ねえ翔太、そろそろ考えないといけないんだけど」

「わかってる。和樹の誕生日会だろ」

「そう。次の日曜日、お見舞いも兼ねて同級生のママ友たちが来るって言うの。もちろん子ども連れで。ほら、和樹は足にヒビが入って学校休んでることになってるからさ。食事くらいはできるって思われちゃってるんだよね。本当はうちに呼ぶはずだったんだけど、こっちに来てもらったほうがいいよね？　ランチだから夜の営業には間に合うようにするからさ」

「それはいいけど、親父たちは大丈夫なのか？　孫の誕生日に顔出したがるんじゃないか？　あと栄人さんだ。京都からはいつ戻ってくるんだ？」

「旦那は今月一杯帰ってこない。つきみ茶屋のオープン、和樹にスマホで連絡入れさせる。お父さんたちはなんとかする。和樹とここにいること、お父さんも応援してるんだよ。だから、わたしが和樹とここにいること、大目に見てくれてるの。わたしが翔太を手伝ったほうがいいって、お父さんもわかってるから」

「ふん、どうだかな」

父親と仲の悪い翔太は、素直に水穂の言葉を信じようとしない。

「とにかくさ、金の盃が戻ってくるまでは、和樹を実家に戻らせないようにするつもり。問題は、日曜日にちゃんと和樹が和樹になってること。今のペースで玄さんと交代してくれるなら、大丈夫なはずなんだけど……」

急に水穂の表情が暗くなった。

「もし玄さんになっちゃったりしたら、何が起きるかわからないじゃない？　今夜だっていきなり飛び出したんだから。わたしが止めなかったら、ずっと啖呵切ってたと思うよ、あの人」

「お陰で助かりましたよ。ただ、これまでの感じだと、玄さんも和樹くんも夜はぐっすり寝て、午前中に起きてますよね。翔太のときと違って規則正しくなってる。だから大丈夫だと思います」

本当は剣士も一抹の不安が消せないままだった。玄は瞬間湯沸かし器のようなところがある。万が一彼が現れたら、誕生日会が台無しになってしまうかもしれない。だが、今は水穂を安心させておきたかった。

「大丈夫だって、わたしも祈ってるよ。和樹の誕生日会は、あの子が同級生と馴染めるようにしてあげたいの。お料理はそんなに豪華じゃなくていいけど、大人も子どもも満足できるものが理想。いろいろと大変なことになりそうだけど、協力してもらえるよね？」

「当然だ。全精力を注ぐよ」

翔太は自信たっぷりに頷く。

「僕も手伝います。何人くらい来る予定なんですか？」

「同級生が五人と、そのママ友。全部で十人」

「和樹と姉さんで十二人か」と翔太が腕を組む。

「大人も子どもも楽しめる料理。目的は、和樹が同級生五人と打ち解けること……。ちょっと考えてみる。姉さん、皆さんに苦手な食材やアレルギーがないか訊いておいてくれよ」

「わかった。お願いね」

これはなかなかの問題だぞ。料理はともかく、内弁慶だという和樹くんを、子どもたちとどう馴染ませたらいいのだろう……？

妙案が浮かばないまま、剣士は水穂に問いかけた。

「水穂さん、明日は和樹くんの勉強を見てあげるんですよね？」

「うん。昼間はみっちり勉強させる。夜はここの手伝いするよ。和樹にもなんか手伝わせる。……あー、今夜は疲れた。和樹の部屋で一緒に寝ちゃうね。お休みー」

伸びをしてから、水穂は洗面所に向かっていった。

「怒濤の日々だったな。でも、無事にオープンできてよかった」

翔太がぽつりとつぶやく。

「いろいろあったけど、今のところ結果オーライな気がする。玄さんは和樹くんの身体だから酒飲んで暴走しないし、水穂さんも手伝ってくれるしね」

「タッキーが帰国するまでのあいだだけだ。その先は、またオレと玄が入れ替わりを繰り返すようになる。姉さんは実家に戻る。剣士が玄をコントロールしないとうまくいかないぞ。任せてもいいか？」

「もちろんだ。それこそ死力を尽くす」

不安がないわけではなかったのだが、なんとしてでも店を守る、と改めて決意を固める。

「……剣士、変わったな。もちろんいい意味で」

翔太の茶色がかった瞳に、自分が映っている。

「変わった？　どこが？」

「前より強くなった。ここの暖簾を継ぐって決めてから、芯が太くなったように見える。あんなに嫌がっていた刃物にも手をだして、刃物恐怖症すら克服しつつある。精神力の賜物だよ。やっぱり、何かをやり抜くために腹を括ると、秘めた能力が解放されるんだな。さすが、オレが見込んだ相棒だ」

端整な顔で翔太がやさしく微笑む。照れくさくて顔が熱くなってくる。

相棒、と呼ばれたことが無性にうれしい。

「翔太がいてくれたからだよ。僕一人だったら、相変わらずのほほんとしてたと思う。守るものも目的もないままね。翔太が僕の原動力なんだと思う。……ちょっと大げさだったかな」

合わせていた視線を、翔太がそっと外す。

「いや、そう言ってもらえるとありがたいよ。本当にありがたい」

長い睫毛(まつげ)が揺れる。毛並みの美しい大型犬のようだ。やさしくて賢くて、激しい強さを穏やかな佇(たたず)まいで隠す、血統書つきの高貴な生き物。大仰(おおぎょう)かもしれないが、翔太を見ていると自然にそう思えてくる。

――沈黙が訪れたとき、ふいに玄が浮かんだ。和樹ではなく翔太に憑依していた頃の玄だ。

「そもそものキーマンは玄さんなんだよね。あの人が翔太に取りついてくれたから、翔太は和食の腕が一気に上がった。江戸時代の料理が再現できるようになった。ある意味チートだよ」

「だな。玄の側から見たら、江戸から現代に飛んで料理を武器にのし上がる、異世界転生物語だ」

ふふ、と笑い合う。剣士の心が柔らかく和んでいく。

水穂と和樹が来てから、ふたりでゆっくり話す時間が取れなくなっていた。やはり、翔太と交わす会話はすこぶる楽しい。

「ちょっと考えたんだが……」と翔太がノートパソコンを取り出した。

「明日からも、いろんなことが起きるだろう。またお客に罵(ののし)られるかもしれない。まったく予約が入らないかもしれない。何かが壊れて修繕費が莫大にかかるかもしれない。どちらかが身体を壊してしまうかもしれない。玄が暴走する可能性もある。あらゆる事態を想定して、対策を考えておいた。剣士も気がついたことがあったら意見してくれ」

差し出された画面には、細かく対応策が記載されている。

ひと通り目を通して感動すら覚えた。本当に心強い相方だ。

「助かるよ。僕も考えて書き込んでおく」

それからしばらく、店の今後についてふたりで話し合った。

客足が途絶えないように、毎日ＳＮＳで江戸料理のミニ知識を発信する。

ホームページで週替わりの献立を紹介し、ネット予約者には特典をつける。

宅配メニューは弁当のみ。宅配専門業者は数社を試して絞り込んでいく。

掛け捨ての損害保険にも入っておかなければ――。

しばらく熱い会話が続いたあと、翔太がつぶやいた。

「さて、和樹の誕生日をどうするかも考えないとな」

「お雪さんのこともだ。金の盃が戻ったら桃ちゃんに頼みにいかないと。いやー、オープンしたてなのに店以外の問題も山積みだね……」

「桃代さんの説得、なにか考えがあるんだろ？」

「まあね。ノーアイデアじゃない。ただ、桃ちゃんは強敵だからなあ」

玄を翔太に戻すのはいいとして、お雪を再び桃代に憑依させるのは難題だ。それでも、剣士自身がどうにかしなければいけない。

「オレは和樹の件で、ちょっと思いついたことがある。次に玄が出てきたら相談したいんだ。和樹の誕生日会を和樹姿の玄に相談するのも妙な話なんだけどな」

そう言って翔太は、左右の口角を少し上げたのだった。

第3章　「誕生日会の特製バイキング」

「ねえ翔太兄ちゃん、これなあに？　なんかキレイ」

翌日、玄から戻った和樹が、居間にあった小さな箱を持ち出してきた。

和樹は自分に玄が憑依していると、認識できていないようだった。本当は一日おきに自我を取り戻しているのだが、毎日剣士の家で暮らしていると思い込んでいる。たまに「変な夢を見る」と言うだけで、それが玄として体験している現実だとは、思ってもいないらしい。

「それは〝花札〟っていう〝かるた〟の一種で、昔からある日本のトランプみたいなもんだ」

「鹿肉を紅葉という隠語で呼ぶ」とゲストに説明するために、用意しておいた花札である。その知識を授けてくれたのは玄だ。

実は、玄は花札に目がなかった。江戸時代の花札は博打（ばくち）で使用されていたため、幕府から禁止されていたという。なので、いわゆる裏カジノのようなカタチで、玄もこっそり遊んでいたそうだ。

現在はなんのご法度（はっと）もないと知った途端、暇さえあれば勝負したがるようになっていた。そのせいで翔太と剣士、ついでに水穂も、和樹姿の玄と花札をすることがあった。当然、なにも賭（か）けたりしないお遊びである。

しかし本来の和樹は、花札など見たことすらなかったのであった。

「へええ。どうやって遊ぶの？　やってみたい！」

和樹は箱の中から取り出した花札を、居間のちゃぶ台風のテーブルに広げている。月ごとの花鳥風月を描いた絵柄が、風流で美しい。

「桜とか梅とか、花が描いてある。だから花札なんだね」

「和樹、お勉強の時間でしょ。翔太兄ちゃんはお店の仕込みがあるの。邪魔しちゃダメよ」

水穂がやんわりと止めたが、翔太は「少しなら大丈夫だ。教えてやるよ」と言い、和樹に花札について説明を始めた。

「花札には、トランプのハートやダイヤのような柄が十二種類ある。1年の十二ヵ月ごとに花や木があって、それが十二枚の柄になっているんだ。たとえば、1月は〝松〟、2月は〝梅〟、3月は〝桜〟みたいにな。で、各月の柄ごとに四枚の札があるんだが、ハートの1、のような数字はない。その代わり、特別な絵柄の札が何枚かある。1月だったら松と一緒に鶴が描かれた〝松に鶴〟。2月は〝梅に鶯（うぐいす）〟とかだ」

翔太は札を各月ごとに並べ、説明していく。和樹は熱心に札を見つめている。

「それぞれの柄には決まった組み合わせがあって、その組み合わせを〝役〟という。役を作っていくと得点が高くなるんだ。有名な役は〝猪鹿蝶（いのしかちょう）〟かな」

「聞いたことある！　猪と鹿と蝶々だよね！」

「そうだ。6月の〝牡丹に蝶〟、7月の〝萩（はぎ）に猪〟、10月の〝紅葉に鹿〟。この三枚を集めると〝猪鹿蝶〟になる。あと、8月の〝芒（すすき）に月〟に9月の〝菊に盃〟を合わせると〝月見酒〟って役になったりな。〝月を見ながら盃で一杯〟って意味だ」

「月見酒！　この店にピッタリの役だね」

「だろ？　〝花見酒〟って役もあるんだぞ」

「あ……なんかわかる。〝お花見で一杯〟って意味だから、この〝菊に盃〟と3月の〝桜に幕〟を合わせるんだよね。昔の人もお酒が好きだったんだね。んで、この二枚に〝芒に月〟が入って三枚になると、〝のみ〟ってもっと高い役になるんだよ」

「……和樹、なんでわかるんだ？」

「なんとなく。あと、〝青短〟とか〝赤短〟とか。一番高い役は〝五光〟。次が〝四光〟。札を見てたらなんか浮かんできちゃった。なんでだろ？　不思議だなー」

ふたりのやり取りを見ていた剣士は、その理由が推測できた。おそらく、玄の花札の知識が和樹にも残っているのだ。翔太にもわかっているのだろう。笑顔で和樹の頭をクシャッと撫でている。

「和樹、もしかして花札の天才かもしれないぞ。じゃあ、実際にやってみようか」

「うん！　やる――――！」

トランプの大富豪が得意な和樹。好奇心で瞳がクリクリと動いている。

「〝花合わせ〟って言って、トランプの神経衰弱みたいなゲームをやろう。手札と同じ柄が場にあったら、合わせて取れるんだ。同じ柄がないときは場にいらない手札を置くしかないが、そのあとで山に積まれた札から一枚だけ引けるから、うまく柄が合えばそれがもらえる。札が全部なくなって、トータルで役の高い人が勝ち。やってみればわかるよ」

「早くやりたい！」

「よし。一回戦は十二ヵ月にちなんで十二回やるのが基本ルールだ。役の計算はオレと剣士ができるから、剣士も交ざってくれよ。姉さんも」

「オッケー。僕はカードゲーム得意じゃないから、カモになってあげるよ」

「やだ剣士くん、わたしのほうがヨワヨワじゃない。どうしても役が覚えられないのよね……。まあ、やってもいいけど一回戦だけよ」

というわけで、四人で花合わせを始めた。

和樹は玄の影響を受けているせいか、いきなり大きな役を狙って勝負をする。狙って勝てるほど単純なゲームではないが、和樹はコツコツと役を作り続け、着実に勝っていった。

十二回の一回戦が終わった時点で、なんと一位は和樹、二位は翔太、三位が剣士でビリが水穂という、天晴(あっぱれ)な結果になったのだった。

「うわー、超面白い！　もう一回戦やろうよ！」

大はしゃぎの和樹を、水穂が「ダメ。お勉強の時間」と窘める。

「オレたちも仕込みがある。空いた時間にまたやろう。な？」

翔太に言われて、「はーい」と素直にランドセルから教科書を取り出す和樹。べらんめえ口調で頑固な玄とは大違いだ。同じ姿だけど。

このときやった花札が、のちに重要な意味を持つことになるとはまったく予想しないまま、剣士は札を箱に仕舞ったのだった。

◆

次の日は、和樹から玄にチェンジしていた。

玄は和樹と同様に十時すぎに起き、子ども用の着物とふんどしに着替えて、剣士たちがいる一階のカウンター席に座った。

「おはよう、玄さん。たっぷり眠れたみたいですね」

「おう、剣士。すまねぇな。和樹になってから、早起きできなくなっちまったよ。前は朝餉（あさげ）を作るのが日課だったんだけどな」

くしゃくしゃの頭があどけない少年だけど、中身は江戸の料理人である。

「子どもは大人より寝ないと、身体も心も育たないの。思う存分寝ちゃっていいですから。はい、朝のミルク」

水穂が素早くミルク入りのコップを置く。

「おお、搾った牛の乳か。こりゃ大そうな贅沢品だ。江戸にも牛の乳はあったんだよ。栄養の固まりで薬になるって言われててな。だけど、値が張りすぎて俺たちの口には入らなかったもんさ」

「和樹は頻繁に飲むんです。本当にありがたい時代だねぇ。だから玄さんも飲んで」

ゴクゴクッと音をたててミルクを飲み、「お代わり！」と叫んだ玄の元に、翔太が料理の皿を運んできた。

「オレの作り立ての料理を玄が食べるなんて、これまではあり得なかったよな。さ、今日の朝餉だ」

「うちらは先に食べちゃったけど、翔太の朝餉、最高ですよ」

「おお、とんでもなくいい匂いがしてるぜ」

目の前の皿に顔を近づけ、クンクンと鼻を鳴らしている。

「こりゃなんだい？　見たことねぇ食いもんだな」

「エッグベネディクトの紫芋フライ添え」と翔太が答える。

「えっぐべ？」

「あー、なんて説明すりゃいいんだ？　イギリス風のパン、つまり小麦粉やバターを練って焼いたものに、ハムっていう豚の加工肉と半熟卵を載せて、卵黄と酢と油で作ったソースをかけた料理。ソースの上にあるのは、アボカドって野菜を薄く切ったもの。あと、紫芋を素揚げしたものだ」

イングリッシュマフィン、厚切りハム、ポーチドエッグの上にたっぷりとかかった、マヨネーズよりも濃厚で滑らかな薄黄色のオランデーズソース。そこに載っているのは、薄くスライスして並べた緑色のアボカド。横に添えた紫芋と相まって、彩りが麗（うるわ）しい。いわゆる〝映（ば）える〟というやつだ。

「いいから食べてみてくれよ。ナイフとフォーク、ここで使ったことあるだろ？」と翔太がナイフとフォークを手渡す。

「いまひとつ理解できねぇけど、俺にとっちゃ初もんだ。初もんは縁起がいいからな。一気に食ったるわ」

玄がナイフとフォークを構え、エッグベネディクトを不器用にカットする。ポーチドエッグの中から黄身がトロリと溢れてくる。

ゴクリ、と喉を鳴らしてから、玄はカットしたものを頬張った。

「――ぐわぁぁぁ、なんたる旨さ！　黄身にも野菜にもそーすにもこくがあって、もっと油っこいかと思ったら意外とさっぱりしてやがる。このぽんとはむとの相性はすげぇよ。俺の舌が大よろこびだよ。翔太の料理、最強だな」

「それはどうも。よろこんでもらえてよかったよ」

翔太がまんざらではない表情で頷く。

「――ううむ、紫芋の揚げもんも、さくっとした歯ごたえと塩っけ、それに素材の甘みがいい塩梅(あんばい)に混ざり合ってる。今の奴はこんなうめえもんを朝から食ってんのか。栄養もたっぷりだろうし、うらやましいぜ」

あっという間に皿の中が空になっていく。

「そーす、ばたー、みるく。俺も今の食材をもっと勉強してぇな。そしたらよ、うんと旨い江戸料理が作れるかもしれねぇ。旬の素材にちょっとだけばたーを入れたりしてな。隠し味ってやつだ。ああ、お雪さんにも食わせてやりてぇなあ……」

残りの牛乳を飲みながら、玄がどこか遠くを眺める。

「わかってますよ。お雪さんのことは僕がなんとかします。タッキーさんから金の盃を返してもらったら段取りますから」

剣士の言葉に「おう、頼んだぜ!」と勢いよく答え、「さー、今日も働くか。まずは掃除だな」と右肩を回す。

やっぱり、玄さんがいると活気づくな。

微笑ましく感じていたら、翔太が改まった口調で玄に話しかけた。

「あのな、玄。ちょっと頼みがあるんだ」

「おう、なんでぃ。お前さんの頼み事なら、なんでも聞いたるぜ」

「もうすぐ和樹の誕生日なんだけど、総勢十人の女性と子どもが祝いにくる。そこでみんなが楽しめる料理を作りたいんだ。それでな……」

翔太が言い終わらないうちに、玄が大きく叫んだ。

「だったら俺に任せとけぃ！　うんと旨いもん用意してやる！」

急に張り切り出した玄を交え、翔太と剣士、水穂は額を合わせて相談を始めた。

「──姉さん、料理を紫陽花亭から調達してもらえる？」

「わかった。どうにかやってみる」

「剣士には巻き物のカットを頼みたい。セラミック包丁なら大丈夫だよな？」

「うまくできるように練習するよ」

「よし。オレは玄から江戸前の屋台料理を教えてもらう」

「教えるだけかい？　誕生日会とやらで手伝ってもいいんだぜ」

玄の言葉で一同が硬直した。

「主役は和樹なのに、玄になってたら意味がないだろう。頼むから、その日だけは和樹でいてくれよ」

翔太が困ったような顔をする。

「……あい、承知した。冗談だよ」

「玄さん、マジで頼みます。和樹くんに睡魔を送ったりしないでくださいよ」

「剣士、俺が信用できないのかよ。心底反省してっから安心しておくれ」

「もー、冗談言わないでよ玄さん。うちの子の大事な会なんだから」

水穂が不安そうに言うので、剣士も若干の不安感にとらわれた。とはいえ、今ここで確実な手を打つことなどできない。

「まあ、心配してもしょうがない。なんとかなると信じて仕事に戻ろう」

背筋を伸ばした翔太の穏やかな声音で、剣士も頭を仕事モードに切り替えた。

その夜も、つきみ茶屋の予約は満席だった。

剣士は料理の解説をしながら、「これは新規オープンのボーナスだ。いつまでも満席になるとは限らない」と自覚していた。

だが、ひとりでもリピーターを増やしたいと、誠心誠意ゲストのもてなしに集中したのだった。

◆

そして、ついに和樹の誕生日会の日がやってきた。

翔太は和樹の右足に包帯を巻きながら、改めて言い含めている。

「みんなには、『転んでヒビが入ったけど、もうすぐ治る』って言うんだぞ。こうしないと学校を休めなかったからな。休めたからつきみ茶屋のオープン準備を体験できたんだ。いろいろと勉強になっただろ？」

「うん。勉強になったし楽しい。ずっとここにいてもいいくらい楽しい」

明るく答えた和樹だったが、言葉とは裏腹にいつもよりも元気がないようだった。クラスで浮いているというだけに、同級生たちと顔を合わせるのがあまりうれしくないのかもしれない。

剣士たちは店の座敷に誕生日会の準備を整えていた。

剣士のアイデアで、畳の上にダークブラウンの絨毯(じゅうたん)を敷き、シルバーとブロンズがメインのバルーンアートを飾った。中央に背の低い大きな木製の丸テーブルを置き、座布団の代わりにベージュのクッションを人数分置く。それだけで、ちょっとした高級感のあるパーティー会場風になった。

ランチ料理は、座敷の隅にセットされた三つのテーブルに用意されていた。客席から見て左側が、海老、烏賊、鱚、穴子、旬の野菜など、生の具材をその場で選んでもらい、鍋の胡麻油でカラリと揚げる天ぷら。江戸時代は庶民の憩いの場だった天ぷらの屋台がモチーフで、担当するのは翔太だ。

真ん中は剣士の担当テーブル。そこに載せるのは何種類もの太巻きだ。翔太が今まさに、厨房で太巻きを何本も作っている。これも江戸時代の屋台料理がヒントになっていた。

「江戸の屋台といえば、やっぱり天ぷらと寿司だよな。寿司には〝細工寿司〟ってのがあってよ、海苔巻きを切ると花や家紋なんかをかたどった柄が出てくるのさ。やろうと思えばどんな柄にだってできるぜ」

「それ、ナイスアイデア！　今ね、キャラクター巻きとかも流行ってるのよ。子どもたちがよろこぶと思う」

そんな玄と水穂の会話が翔太の創作意欲をかき立て、オリジナルの細工寿司を作ることにしたのである。

大人も子どもも楽しめる、屋台風のミニバイキング。

それが、翔太の考案した誕生日会の献立だった。

「剣士、試し切りをしてくれ」

「了解」

切れ味抜群のセラミック包丁を布巾で濡らし、海苔で包まれた太巻きの端っこを慎重にカットした。そこを取り除き、さらにひと口サイズに切っていく。手がやや震えたが練習の成果が発揮され、無事に切ることができた。

ふー、と大きく息を吐く。

「わあ、切り口がキレイ！　翔太、すごいじゃない。これならみんな大よろこびだわ」と水穂が手を叩く。

「芸術的な出来栄えですね。翔太、こんな器用な細工、よくできるよな。基本を教えてくれた玄さんもすごいけど」

「剣士もうまく切れるようになった。本番も頼むな」

「頑張るよ」

幼い頃、手に大怪我をして以来、見るのも苦痛だった刃物。セラミックとはいえ、これも刃物には違いない。しかし、この店の暖簾を守るという使命感が、剣士を確実に成長させていた。

そして、右側のテーブルには巨大な牛肉の塊が鎮座し、横で肉汁をブイヨンで煮詰め、醬油を隠し味にした和風グレービーソースが保温されている。これは、松阪牛尽くしの懐石料理がウリである紫陽花亭の名物〝松阪牛のローストビーフ〟。店から水穂が調達してきたものだ。

剣士も端をひと切れだけ味見したが、中は美しいピンク色で、サシがびっしりと入っていた。上品な風味のソースと共に嚙んだ瞬間、口内で肉だったものがトロリととろけて、極上の旨みだけがいつまでも残り続ける。「ウマい――っ」と叫びたくなるほど、最上級の逸品だった。

「和樹の誕生日だから、お父さんに奮発してもらった。やっぱり、パーティーにはローストビーフが似合うよね」

花柄のワンピースに白いエプロンをつけた水穂が、楽しげに微笑む。

ローストビーフのサーブは、紫陽花亭で慣れている彼女が担当する。

翔太と剣士は、白いシャツに黒のパンツ、黒いエプロン姿でスタンバイしていた。

やがて、和樹の同級生五人とその母親たちが、ガヤガヤと話しながら店にやってきた。

「風間さん、お招きありがとう。ほら孝志、和樹くんに挨拶しなさい」

メガネをかけた痩せた男の子が、同じくメガネの母親に背を押されて、「お誕生日おめでとう」とプレゼントらしき包みを渡す。

「ありがと」と和樹が弱々しく答える。

「あらあら和樹ってば照れちゃって。日下部さん、孝志くん、ありがとう」

取りつくろったような笑顔で、水穂があいだに入る。

この日下部という女性が、今日の集いをセッティングしてくれたらしい。集団の中でリーダーになりそうな、知的でしっかりとした感じの人だ。

「和樹くん、大変だったね。足の具合はどう？」と和樹に話しかけたのは、背の高い女性。礼儀正しいショートヘアの少女・東山典子を連れている。

剣士は水穂から写真を見せてもらっていたため、ゲストの顔と名前は頭に入っている。

「転んで右の足首にちっちゃなヒビが入ったんだけど、もう治りそうです」

仕込んだ通りに和樹が返事をする。

本当はこんな嘘などつかせたくはないのだが、非常時なのでしょうがない。

「風間くんおめでとう。これ、プレゼント」と典子も包みを和樹に渡す。

続いて、木内卓(きうちたく)という名のやや不愛想なイケメン少年と、その派手な母親。

羽鳥新伍(はとりしんご)というやたら体格のいい男の子と、彼の小柄な母親。

最後に、中川麻美(なかがわあさみ)というツインテールの美少女と、ふっくらとした体形の母親が、祝いの言葉と共にプレゼントを和樹に渡した。

「皆さん、今日は本当にありがとうございます。食事の用意をしてあるので、たくさん召し上がってね」

　水穂に誘われ、大きな丸テーブルを一同が取り囲む。

「バルーンのデコ、カワイイわね」「割烹のお料理、楽しみ」など、母親たちが機嫌良さそうに周囲を見回す。

すかさず剣士は、フルートグラスに入った炭酸飲料を皆に配っていった。

「乾杯のお飲み物、ノンアルコールシャンパンです。ロゼをご用意しました」

剣士が説明すると、母親たちが上気した顔で「キレイ」「美味しそう」「高級品よ、これ」と言い合う。

あとから来た翔太が、大きなピッチャーと人数分のグラスを運んでくる。

「オレンジジュースとウーロン茶です。ご自由にお飲みください。ビールやワインもございますので、ご希望の方はお申しつけください」

翔太が微笑むと、女性陣の視線が彼から離れなくなった。

「あ、あの、お茶で大丈夫です」「私も」「ランチ会のアルコールはNGなんですよ」「子どもたちはジュースで」「ご丁寧にありがとうございます」

上ずった声をあげる母親たち。

「あの、紹介しますね。こちら、つきみ茶屋の七代目、月見剣士さん。それから、ここで料理人をしてるわたしの弟、翔太です」

水穂が言い終えた途端、母親たちはざわつき始めた。

「風間さん、弟さんがいたの？」「知らなかった……」「ステキじゃない」「おいくつなのかしら？」「今日のお料理も翔太さんが？」

「そう、料理は翔太が頑張ってくれたの。歳は……二十五だったよね？」

「ええ」と低く答えただけなのに、皆が目をキラキラとさせる。なんと、和樹の同級生である典子と麻美もだ。少年たちも興味深そうに翔太を見ている。

「麻美、思ったんだけどさ。翔太さんってスターマンのメンバーにいそうだよねー」

ツインテールの麻美が屈託なく言う。

スターマンとは、人気急上昇中の男子七人組アイドルグループである。

「だったら卓もメンバーになれそうじゃね？　イケてるしダンスもやれるし」と大きな声を出したのは、体格のいい新伍だ。

卓はニコリともせずに、「アイドルなんて興味ねー」と即答した。

「だよね。卓は僕と東大に行くんだもんね」

メガネを直しつつ、孝志が卓を見る。

「言うのは簡単。合格できるといいね。そうだ、風間くんにノート持ってきたんだ。授業内容メモってあるから、あとで渡すね」

「さっすがー、学級委員長の典子様。気が利くしー」

「うるさいなあ。新伍が休んでもやってあげないよ」

「なんで？　褒めただけじゃんかー」

わいわいとしゃべる同級生たちだが、和樹は大人しく聞いているだけだ。

「とりあえず乾杯しましょうか。今日は本当にありがとう」

水穂がグラスを取り、皆が「お誕生日おめでとう」と言いながら、ノンアルシャンパンを美味しそうに飲む。

「和樹、お食事の前に、いただいたプレゼント開けてみたら？」

「え？　でも……」

躊躇している和樹は、剣士たちが知る潑剌とした彼とは明らかに違っていた。居心地が悪そうで、委縮しているように見える。「内弁慶で学校では浮いた存在」という水穂からの情報を、改めて思い出す。

「どうした和樹。せっかくだからオレにも見せてくれよ」

翔太が口を挟むと、「ぜひぜひ」「あ、私が開けます」など、母親たちがごそごそと動き出す。恐るべし美男効果である。

結局、和樹が自分で開けたプレゼントは、イケメン卓からの〝子ども用ブランドのキャップ〟。体格のいい新伍の〝ハイパーヨーヨー〟。学級委員長・典子の〝文房具〟。東大志望・孝志の〝ミステリ小説の単行本〟。ツインテール麻美の〝ぬいぐるみ〟と、子どもたちそれぞれの個性が窺えるようなものだった。母親が選んだのかもしれないが。

「……みんな、ありがとう」

和樹が小声で礼を述べ、卓からもらったキャップを被った。

「おお、似合うじゃないか」

翔太から褒められた和樹は、「鏡見てくる」と言い残し、一階のトイレに入っていった。

「みなさん、お待たせしました。今日のお料理はミニバイキング。好きなものを好きなだけ取りに来てくださいね。食器類もこっちにありまーす」

ローストビーフのコーナーから水穂が手招きをしている。剣士と翔太もそれぞれの持ち場にスタンバイしていた。

「わあ、もしかしてこれ、紫陽花亭のローストビーフ？」

孝志と一緒にいる母親が、感じの良い笑顔で問いかけた。

「そう。うちから持ってきたの」

「うれしい！　一度食べてみたかったの。孝志の分もお願いします」

横にいた新伍の母親も、「うちらも二人分お願い」とオーダーしている。

「はーい」と、慣れた手つきで水穂が肉をサーブし、ソースをかける。

「僕さー、牛肉が一番好き。今日はラッキーだなあ」

皿を受け取った新伍は、さっさと席に戻り料理を食べて「ウメ――！」と叫んでいる。孝志も「これ、ヤバい。ウマい」と肉をせっせと口に運ぶ。母親たちも、「さすが高級料亭のお味」「とろける美味しさね！」と絶賛を続けている。

一方、翔太が担当する天ぷらコーナーには、麻美と典子が母親たちと並んでいた。

「お座敷天ぷら。素敵ねえ」と言いながら、典子の母親が翔太をうっとり眺めている。麻美の母親も同様だ。

「お好きな具材を揚げますので、選んでくださいね」と翔太が微笑む。

「まずは海老と鱚かな」と典子の母が言い、「海老と烏賊」と典子が続ける。麻美の母は「海老と穴子、あと茄子（なす）」と頼み、本人は「海老ふたつ。麻美、海老大好きー」と指でVマークを作っていた。

圧倒的に海老のリクエストが多い。ジュワーッと揚がる音が響き、胡麻油のいい香りが漂っている。

「――はい、お待たせしました。天然塩か天つゆで食べてくださいね」

そのころ剣士の前には、卓が母親と一緒に立っていた。

「こちら、翔太が作った細工巻きです。カットすると金太郎飴（あめ）のように絵柄が出てきます。〝薔薇（ばら）〟〝桃〟〝葡萄（ぶどう）〟の花巻き。それに、キャラクター巻きもご用意しました。絵柄は〝アンパンマン〟〝くまのプーさん〟〝ドラえもん〟。どれがいいですか？」

「ちょっと期待しちゃう。私、薔薇と桃と葡萄をお願いします」

卓の母親に頼まれ、その場で太巻きをカットする。

〝薔薇〟は、あらかじめ作っておいた薄焼き卵にスモークサーモンを並べて渦巻き状にしたものを、巻き簾(す)に敷いた海苔と酢飯の上に載せ、レタスを置いてマヨネーズをかけてから巻いたものだ。これを切り分けると、断面が緑の葉に包まれた、黄とサーモンピンクの薔薇模様となる。

〝桃〟の場合は、もっと手間がかかっている。まず、焼きタラコを混ぜたピンク色の酢飯で五本の極細巻きを作る。その五本を巻き簾の海苔と酢飯に重ね、真ん中に丸いスティック状のチーズを入れて巻く。カットすると、中央のチーズを丸い花びらが取り巻く、桃の花のような模様が現れるのだ。

そして〝葡萄〟。鮪赤身の漬けを海苔で極細巻きにしたものを六本作り、青紫蘇(あおじそ)の葉を入れて海苔と酢飯で巻く。カット面には、茎についた六粒の赤い葡萄がクッキリと描かれている。

どれも玄と一緒に特訓して翔太が作った、芸術的な細工巻きだった。

「お好みでお醤油と山葵(わさび)をつけてくださいね」

剣士が盛りつけた皿を渡すと、卓の母が感嘆の声をあげた。

「キレイ！　キレイすぎて食べるのもったいないくらい！　写真撮っておこう。卓ちゃんは何にする？」

「キャラ巻き。三つとも見たい」

切れ長の目を持つ卓に手元を見つめられ、また震えそうになったが、なんとかキャラクターの細工寿司をカットする。

まずは〝アンパンマン〟。ほぐした焼鮭を混ぜた極細巻きをオレンジ色の頰っぺたに見立て、鼻は細く巻いた薄焼き卵で作る。眉、目、口は海苔で形作った、まごうことなきアンパンマンの顔である。

「すっげ」と卓が小さくつぶやく。

続いて〝くまのプーさん〟。卵の黄身を混ぜた極細巻きを丸い顔と耳に見立て、海苔で眉、目、鼻、口を表現。ピンクの頰っぺたは魚肉ソーセージで表してある。

〝ドラえもん〟もかなりの出来栄えだ。青くて丸い頭部は、天然クチナシ色素で青色にした酢飯。目は中央に海苔を詰めたスティックチーズ。赤い鼻と口は漬け鮪で再現。ヒゲは細切り海苔を後づけで加えていく。

「オレも写真ほしい。母さん、これも撮ってよ」

「テーブルでね。――ちょっと皆さん、この太巻き見て。すごいわよ！」

卓にもその母にもよろこんでもらえたようで、胸を撫で下ろす。

一同は三つのコーナーを次々と回り、キープした料理を丸テーブルに並べて和やかに食事を始めたのだが……。

「……ねえ、和樹がいない。どこ行ったんだろう？」

水穂に言われて剣士も周囲を見回す。どこにも姿がない。

「さっきトイレに行ったけど、まさかまだ出てこないのか？」

緊迫感を滲ませた翔太が、「見てくる」とトイレに向かった。剣士と水穂も一緒についていく。

食事に夢中のゲストたちは、今日の主役がいないことに気づいていない。

「おい、和樹。中にいるのか？　和樹、開けるぞ」

翔太が小声で呼びかけ、トイレのドアノブに手をかけた。意外にも、ドアに鍵はかかっていない。

「和樹！」と三人が声を合わせた。

中では、きちんと服を着たまま便座に座った和樹が、キャップを被ってグッスリと眠っていたのだった。

◆

「ヤバい。これはマジでヤバい。起こしたら玄が出てくる。このまま上に運ぼう。起こしちゃ駄目だ」

「でも翔太、主役の和樹がいないままの会なんてあり得る？」

「和樹は体調を崩したことにして、食事が終わったら皆さんに帰ってもらおう。それが無難だ」

「ああ、せっかく日下部さんにセッティングしてもらったのに……」

姉と弟がひそひそと話しているうちに、和樹がゆっくりと目を開けた。

キャップから覗く前髪の一部が白くなっている！

「おいおい、どうなってやがるんだ？　和樹の会は終わったのかい？」

「まだ終わってない。むしろ始まったばかりだ。なあ玄、なんで和樹は眠ったんだ？」

「まさか玄さん、和樹くんに睡魔を送ったとか？」

「翔太も剣士も、俺を疑ってんな？　なんもしてねぇよ。ただ……」

「ただ、なに？　なんでもいいから教えて！」

水穂も必死になっている。

「いま起きた瞬間、猛烈な緊張と不安を感じたんだ。和樹、本当は今日の会に出るのが嫌だったんじゃないかい？　それで、俺と入れ替わっちまった気がするんだよ」

「そんな、和樹……」と水穂が両手で顔を覆う。

すると、後ろから大きな声がした。

「いたいた。風間くんがいないから探しちゃった。ここの肉、ガチ最高！　ねえ、風間くんも一緒に食べようよ」

新伍だった。彼は身体と態度の大きさが比例しているようだ。

「おう、いま行く！」

なんと、玄が元気に返事をしている。

「風間くんのお母さん、またお肉切ってもらってもいい？　あと、天ぷらと海苔巻きも、みんな待ってるみたい」

「ああ、ごめんね。すぐやるからね」

水穂は「なんとかして！」と剣士たちにささやき、座敷に戻っていった。

「剣士、オレたちも行かないと」

「だね」

「仕方がない。玄、みんなと食事をしてくれ。ただし、あんまりしゃべらないでほしいんだ。あと、右足に包帯が巻いてある。ヒビが完治していない振りをしてくれ。頼む」

早口で告げてから、翔太も戻っていく。

「玄さん、これはいまだかつてないピンチです。ヘタすると大惨事になる。翔太の言う通りにしてください。僕もなるべく側にいますから」

「わかったよ。大人しくしてりゃいいんだろ。足にも気をつけるよ」

白い前髪をキャップで隠してやってから、剣士は玄と共に座敷へ向かった。

「あー、風間くんが戻ってきた！」「キャップいい感じじゃん」「ご飯、すっごく美味しいよ」「風間くんはなに食べる？」「取ってきてあげる」

同級生が一斉に話しかけてくる。母親たちから和樹にやさしくするように、言い含められているのだろう。

「みんなは、何が旨かった？」

玄なりに気を使いながら、ゆっくりとしゃべり出す。

「オレはさ、キャラ巻きに感動したよ。花巻きも母さんのを少しもらった。見た目もガチですごいし、めちゃ美味しかった。風間の叔父さんって、すっげー料理人なんだな」

卓が整った口元を動かしている。

「そりゃうれしいねぇ。じゃあ、俺も細工寿司をもらおうかな。ちくっと食べてみたかったんだよ」

「ちくっと？　ちくっとってナニ？」

委員長の典子がツッコんできた。

あーもう、あんまりしゃべるなって言ったのに！

「ちょっと、って意味。和樹くん、家では面白い言葉遣いをすることがあるんだよ」

剣士は急いで説明をし、さらに誤魔化すべくこう言った。

「和樹くん、ちくっと細工巻きのカットするから待ってて。全部切ってそっちに持ってくから」

セラミック包丁を布巾で濡らし、太巻きを切り始めた。だが、状況が緊迫しているせいか、手が震えてうまく切れない。

……ヤバい。こっちもヤバくなってきたぞ。

左右を見ると、翔太は母親たちに天ぷらを揚げ、水穂はローストビーフをサーブしている。助けを求めることなどできない。

すると玄がすっくと立ちあがり、包帯の足を庇うように厨房へ行き、すぐに戻って来た。右手には子ども用の包丁が握られ、左手で大皿を抱えている。

「俺がやる。この皿、持っておくれよ」

有無を言わさず、玄から大皿を渡された。

玄は素早く包丁を構え、スッスッとリズミカルかつ滑らかに太巻きを切り始めた。さすがの速さだ。剣士は皿を持って見ていることしかできない。

「仕事、はやっ！」「手つきがプロじゃん」「風間くんも料理できるんだ」

同級生たちが玄に注目している。

「まあ、巻きもんを切るくらいはできる。この小さい包丁でもな」

あっという間に、すべての細工巻きがひと口サイズ（子どもには大きいが）にカットされた。それを、彩りよく高さも出して大皿に盛りつけ、玄は子どもたちの元へ運ぶ。

「ヤバ！　まじプロ！」「盛りつけもキレイ」「風間くん、かっこいいかも」

口々に玄を褒めながら、子どもたちは食事を再開した。

「あのさ、さっき切ってもらったのより、こっちのほうが模様がくっきりしてて美味しい。切り方で味って変わるんだね」

卓の言葉にほんの少し傷つきそうになった剣士だが、その通りだった。

刃物恐怖症を克服しかけている自分とプロの玄との差は、太巻きの断面にも表れるのだと感心しきりだ。

その玄は、細工寿司を真面目な表情で食べている。

「——花の細工寿司はなかなかいいね。それぞれ個性があって旨い。こっちの、なんだ、ほら……」

「キャラ巻き！」と剣士が横からフォローする。

「それな。きゃら巻きは面白いね。こんなの食べたことねぇ、ってか、初めて食べたよ」

「お肉も天ぷらも美味しいよ」と、新伍が玄に皿を差し出す。

「天ぷらが最高なのは知ってる。なんてったって江戸前ネタの天ぷらだからな。——こっちの肉は初めてだ。肉汁を煮詰めたそーすがいい香りだね。どれどれっと。……う、うめえ——っ」

「だよね。さっき、僕も同じように叫んじゃったよ。ウメ——ッて」

新伍は同志を得たかのようにうれしそうだ。

「いや、参ったよ。こりゃうめえわ。牛の肉なんざ、一般庶民の口に入るもんじゃなかったからな。今はなんでも食えてすげーよ。なあ、剣士？」

……やっちまった。玄はローストビーフの衝撃で、和樹でいることを忘れてしまったようだ。

「風間くん、どうしちゃったの？　言ってることがヘンだよ」

また委員長の典子がツッコミを入れてくる。

「あのね、和樹くんは江戸っ子の真似をしてるんだよ。うち、江戸時代の料理を出す店なんだ。だから、ここにいるあいだに、和樹くんも影響されちゃったんだよね」

かなり苦しいが、こうでも言っておかないとこの先が心配だった。

「まぁな。江戸っ子は粋だからねぇ」と言いながら、玄は生まれて初めてのローストビーフをがっつき、マッハで食べ終えている。

「ねえねえ、江戸っ子ってなに？　どんな子のこと？」

今度は麻美が、ツインテールを揺らしながら疑問を口にする。

「江戸時代に江戸で暮らしてた人のこと。ちなみに江戸が東京って名前に変わったのは、明治元年、一八六八年からだよ」

東大志望の孝志が、メガネを光らせながら答えた。

「孝志って物知りだよなー。やっぱ東大に行きたいだけあるよ」

新伍がローストビーフを食べながら言うと、「とうだい?」と玄が疑問形で返したので、すかさず剣士が説明に入る。

「東大、つまり東京大学は、日本で一番頭のいい人たちが集まる場所。試験に受かった一部の人しか入れない特別な学校だ。今からもう東大を目指してるなんて、孝志くんすごいね」

「東大に行けば、いい会社に入れる。お金もたくさんもらえる。どうせならいいとこ行きたいから。な、卓?」

子どもらしくない、いや、むしろ今の子らしいのかもしれない発言をする孝志。話を振られた卓は、ハァー、とため息を吐いた。

「でもキツいよ。学校のあとは塾。毎日勉強ばっか。いっそのことユーチューバーにでもなれたらいいんだけどさ。ティックトッカーとか」

「あの、ユーチューバーってのは……」と剣士が解説しようとしたら、「なるほど、わかってきたぜ」と玄は訳知り顔になり、衝撃発言をした。

「だからみんな、青っちろい顔してやがるんだな。勉強ばっかさせられてっからだ。もっとおてんとさんの下で遊べってんだ。身体が鈍っちまうぜ！」


茫然とする子どもたち。剣士はツッコまずにはいられない。

「ちょっ、和樹くん！　君だって十分青白いんだけど、わかってるのかな？」

「おお、そうだったな」と肯定した玄だが、話を止めようとはしない。

「とうだいに行くとかよ、目標があるのは悪いことじゃねぇ。江戸っ子たちだって、こんくらいの歳でも目指すもんがあったもんさ。だけどよ、それは本当に自分で考えた目標なのかい？　誰かさんにそう思わされてるだけ、だったりしないかい？」

子どもたちは啞然としたままだ。水穂と翔太は給仕中、母親たちはおしゃべりに夢中で、今の発言を聞いていなかったことだけが救いだった。

「玄、じゃなくて和樹くん。今日は頭が混乱してるみたいだね。ちょっと上で休もうか」

剣士はすでに限界を感じていた。大惨事になる前に玄を退場させたい。

「混乱なんてしてねぇさ。思ったことを正直に言っただけだ。確かに勉強は大事だけどよ、もっと好きなこともやるべきだって、俺は思うぜ。お前さんたち、何が好きなんだい？　夢中になれるもん、あるだろ？」

すかさず卓が「ダンス。もっとやりたい」と答え、新伍は「ご飯とゲームだなあ」と続ける。「動物園にいたい。動物と遊びたい」と麻美が楽しげに言い、典子は「漫画かな。読むのも描くのも好きなんだ」と照れくさそうに答える。

最後まで黙っていた孝志は、「僕は勉強が好きだ。知らないことを知るのが好きだ。風間なんかに余計なこと言われたくない」と硬い表情で玄を睨む。

その通りだ。余計なこと言うなよ！　和樹があとで困るだろうが！

思いっきり叱りつけてやりたくなっていると、「そりゃ悪かった。勘弁しておくれ」と玄が真摯に謝り、皆に言い聞かせるようにつぶやいた。

「好きならいいんだよ。それを貫けりゃいい。大事なのは〝楽しい〟って気持ちと〝今〟だ。今はあっという間にすぎて〝さっき〟になっちまう。だから、できるだけ楽しいことを今やってもらいたいのさ。俺はよ、『ああ、もっとやっときゃよかった』なんて、あとで後悔だけはしてほしくないんだよ。人間、いつ何時あの世にいっちまうか、わかんねぇからな……」

二十七で亡くなった玄の言葉には、やけに説得力があった。感受性の強い子どもたちは、それを自然に感じ取ったのだろう。誰もが真剣に、玄の言葉に耳を傾けている。

剣士はすでに、何も言えなくなっていた。

あどけない和樹の背後に、髷を結った男の姿が見えた気がしたからだ。

悔いを残したまま魂の存在と化してしまった、遥か昔に亡くなった若き料理人……。

「──なーんて、辛気臭いこと言ってすまねぇ。今日は祝い日なのになぁ。いや、俺の祝いなんだから自由にやっていいのか。へへ」

鼻の下を指でこする玄。よく見る愛嬌のある仕草だ。

「そういう風間は何が好きなんだよ？」

聞き返した孝志も、表情を軟化させている。

「俺かい？　俺は料理してるときが一番楽しいね。『旨い！』って言ってもらうのが好きだ。それだけはずっと変わんねぇな。今日の料理もうめぇけどよ、もっともっと旨いもん作って、お前さんたちにも食わせてやりてぇよ」

カラカラと笑う玄をじっと見つめていた卓が、ふいに口を開いた。

「なんかさ、風間って学校にいるときと全然違うんだな。思ってたよりずっと大人っぽい。同い年とは思えないよ」

「あーっと、今日の和樹くんは特別なんだよね。誕生日会だから気が高ぶってるっていうか、いつもとテンションが違うんだよ」

あわてて言い訳をした剣士だが、卓は「オレはこっちの風間がいい」と笑みを浮かべた。

「学校だとほとんど口利かないから、何考えてんのかわかんない。でも、今日の風間は面白いよ。話すこともしゃべり方も、マジぶっ飛んでる」

「うん。料理もガチで上手そうだし、僕も見直しちゃったな」

新伍も卓に賛同している。

「なんかさ、取っつきにくい感じがないよね。今日の風間くん」

孝志も「そうだね」と小さく頷いた。

「うん。麻美、なんかイジリたくなるー」

典子と麻美も、玄が気に入ったようだった。

「そいつはうれしいなあ。だけど、どっちも同じ風間和樹だ。学校に行ったらまた無口になっちまうかもしれねぇけど、よろしく頼むよ」

玄が満開の笑顔になった。

「わかった。学校って息苦しい場所だったりするから、風間くんが大人しくなっちゃうのもわかるよ。そうだ！　今日から僕、風間くん、じゃなくて、和樹って呼ぶ。いいよね？」

新伍は意外なくらい、聡明でやさしい少年のようだった。

「あ、オレも」「賛成」「いいかも」「麻美もそうする。ね、和樹？」

他の子どもたちもすぐさま同意し、玄が「もちろんさ」と笑う。

そんな子どもたちの様子を、いつのまにか側にいた水穂が、目元を拭いながら見守っている。ずっと気が動転していた剣士も、事態が良いほうに進んでよかったと心から思う。

ところが……。

「あのね、大変なミスをしちゃったの」

剣士の側に来た水穂が涙目のままささやいた。

「どうしたんですか？」

「バースデーケーキ、注文するつもりでいたのに忘れちゃって……」

「ええっ？」

叫びそうになり、あわてて口を押さえた。

『お気に入りのケーキショップがあって。そこのケーキ、和樹も大好きなの。予約しておくね』

そう言ったのは水穂だったのだ。

「誕生日会なのにケーキがないって、どう考えてもアウトだよね」

悲しそうにつぶやく水穂に、なんと声をかければいいのかわからない。

「姉さん、正直に言うしかないよ。みんな期待してるかもしれない」

会話を聞いていた翔太が、水穂の背を押した。

「……あの、食後にバースデーケーキを出そうと思ってたんだけど、わたしのうっかりで注文するの忘れちゃったの。和樹、ごめん。甘いもの、食べたかったよね」

水穂が手を合わせて謝った。他のみんなにも聞こえるような大声で。

すると、「甘いもんか。それなら庭に行けばいいさ」と玄が立ち上がった。厨房からウエットティッシュと紙袋を取り出し、引き戸に向かってトコトコ歩いていく。

「あら、足はすっかり治ったの？」と、孝志の母が玄に尋ねている。

「あー、まだちっと痛むけど、普通に歩けます。ご心配かけてすんません」

なんと、玄は百点に近い受け答えをしてみせた。

彼が現代に現れてから、すでにひと月半以上が経つ。今風の話し方を、玄なりに学習していたのだろう。

だったら子どもたちの前でもそうしてくれよ！　と激しく思った剣士だが、今さらどうしようもない。

「和樹くんって、すごく大人びてるわよね。でも、今日はなんか明るくていい感じ。早く完治するといいわね」

そんな孝志の母の言葉に、水穂は「今日はセッティングありがとう。日下部さんのお陰です」と礼を述べている。

一方の玄は、店から庭に出て行こうとしている。そのあとを、子どもたちもゾロゾロとついていく。

「庭の甘いもんってなんだろ？　気になるよな」

いかにも食いしん坊風の新伍がつぶやいている。

剣士と翔太は、心配そうな水穂に目くばせをしてから、子どもたちのあとを追った。

「ほら、軒先にぶら下がってるだろ？　干し柿だよ」

得意げに玄が指差したのは、自分が庭の渋柿をもいで作った干し柿だ。

「みんな、一個ずつ紐(ひも)から取ってみな。こんな風に」

お手本を見せた玄の見様見真似で、子どもたちが干し柿を手に取る。

「これで柿を拭いてから、ガブっと食ってみ。旨いぞー」

ウェットティッシュを配り、自分も拭いてから柿にかぶりつく。

「表面の白い粉は甘さの成分だから気にしなくていい。うん、くりーむの菓子より甘くてうめえ。そうそう、種はこの紙袋に入れてくれな」と微笑む玄。それを見て、他のみんなも柿を齧(かじ)り始めた。

甘い！　旨い！　美味しい！　と、子どもたちの声が庭に響き渡る。

おそらく、庭で作った干し柿など、生まれて初めて食べるのだろう。

「これが自然の菓子だよ。もう季節じゃなくなるから、そろそろ作り納めだろうなあ」

「すげーな和樹。まるで自分で作ったような言い方じゃん」

卓が感心している。

「そうさ。干し柿作りは楽しいんだぞ。今度みんなにも教えてやるよ」

玄が言うと、「面白そう！　作ってみたい！」と新伍がはしゃぎ、他の四人も笑顔になる。

まだ幼い子どもたちは、澄んだ青空を眺めながら、庭で干し柿の甘さを楽しんでいた。小さな六つの影が、一列に並んでいる。

それはとても幸せそうな光景で、剣士はふと泣きそうな気分になった。


いつかの未来に、この子たちが別々の道を歩くようになっても。

大人になり切って、仲間の顔など思い出さなくなったとしても。

それでも、こんな楽しい一瞬があったことを、忘れないでほしい。

——そんな風に、願わずにはいられなかった。


「剣士、ちょっといいか」

翔太に肩を摑まれ、子どもたちから離れた場所に連れていかれた。

「玄さん、みんなと打ち解けてるね。意外な展開だけどよかったな」

「いや、よくない」と、翔太は鋭く言った。

「これでは、和樹が問題を解決したことにならない。玄のお陰で仲良くなれたのはありがたいけど、和樹自身がみんなと向き合う必要がある。そうじゃないと、また和樹は孤独になってしまう。誰かに代わってもらっても駄目なんだ。自分で立ち向かわないと何も変えられない。オレはそう思う」

真剣な翔太を見ていたら、剣士は自分たちの子ども時代を思い出した。

幼馴染だった翔太とは別々の小学校に通っていたので、自分が直接見たわけではないのだが、彼は同級生たちからかなりのイジメを受けていたらしい。

原因は、今とは違って身体が小さく動作が遅かったこと。それから、厳しかったという父親の元から母親が逃げ、若い従業員と駆け落ちしたことだ。それはすぐに噂となり、翔太は白い目で見られるようになってしまったのである。

その後、後妻を迎えた父親の風間栄蔵を、翔太がいまだに嫌悪しているのは、幼い頃のトラウマが要因なのだと剣士は思っている。

「オレは、和樹に楽しい学校生活を送ってほしい。自分がそうじゃなかったから余計そう思うのだとしたら、それは完全にオレのエゴなんだけどな」

寂しそうにうつむいた翔太を、剣士は力づけたくなっていた。

「翔太の気持ちはわかる。よくわかるよ。あの子たちは今、素晴らしい思い出を作ってる。でも、それは和樹くんのものじゃない。僕も和樹くん自身に、仲間との思い出を作ってほしいよ。だから……」

剣士は、子どもたちとしゃべり合う玄を見つめた。

「玄さんに頼もう。和樹くんに戻ってもらうんだ」

◆

座敷に戻った玄を、剣士と翔太は厨房に連れていった。

「なんでぃどうしたんでぃ。また問題でも起きたのかい？」

「玄さんを和樹くんに戻したいんです。玄さんのお陰で、みんなと打ち解け始めてます。この先は、和樹くんが仲間と直に触れ合う必要がある。だから、これを飲んでください」

剣士が差し出したのは、コップに入った白い飲み物だった。

「牛の乳かい？　——違うな。この香りは……」

「甘酒だ。オレが用意しておいた。こんな事態になることも予想はしていたからな。甘酒を飲んだら子どもはすぐ眠れると思ったんだ。姉さんには内緒にしてくれよ。酒を飲ませたなんて知られたら、大変なことになるから」

「さすが翔太、俺の子孫だ。こりゃあ願ったり叶ったりだぜ。甘酒なんぞ久方ぶりだなぁ。早く飲ませてくれぃ」

奪うようにコップを取り、瞬時に中身を飲み干す。

「ぷはー。やっぱ酒はいいねぇ。甘酒だけど酒は酒だからな。もっと飲んでいいかい？」

剣士はお代わりを差し出し、「飲んだら寝てください。お願いします」と頼み込む。

「あい、承知した。すぐに寝たるわ。和樹に伝えておくれ。『遠慮なんてすんな。お前さんが好きなことをしろ』ってな」

玄はお代わりを飲み、厨房の隅にある椅子に座って目を閉じた。

実は、いま彼に与えたのは、〝米麴(こめこうじ)〟で作った甘酒に〝酒粕(さけかす)〟の甘酒を少量だけ垂らしたもの。酒粕で作る甘酒には微量のアルコールが含まれるが、米麴の甘酒はゼロ。なので、玄が飲んだ甘酒はアルコール成分など入っていないに等しい。

「甘酒だ」と伝えただけで、酒飲みの玄はそれがアルコール入りだとカン違いした。微かに酒粕の香りがしたからだろう。そのため、自分が酒を飲んだ気持ちになり、眠気がしてきたのである。

「まだ八歳の和樹に、酒粕の甘酒を飲ませるわけにはいかないからな」

翔太にまんまと騙(だま)された玄は、即座に舟をこぎ始めたのだった。

和樹はすぐに目覚め、ぼうっと剣士たちを見た。

「僕、みんなとご飯食べてたよね？　庭の干し柿も。なんか、変なしゃべり方してたみたい。なんでだろ？」

夢の中で玄の現実を体験していたのだ。憑依アルアルである。

「また夢を見たんだな。でも、みんなは本当に食事を終えたよ。大満足みたいだ。和樹とも仲良くなりたいって言ってるから、このあとは何かして遊べばいい。和樹が好きなことを、遠慮せずにしていいんだぞ」

屈んで和樹と目を合わせた翔太が、穏やかに言う。

「好きなこと……？」

「そうそう。今日は和樹くんの誕生日会なんだからさ。王様気分で言えばいいんだよ。これがやりたい！　って」

「剣士の言う通りだ。同級生のみんなと、何をして遊びたい？」

翔太に再度問われ、しばらく考えたのち、和樹はポツリと言った。

「――花札。花合わせがしたい」

つい先日、翔太に教えてもらい、夢中になっていた花札。それをやりたいと、少し恥ずかしそうに答えた目の前の少年が、たまらなく愛おしく感じる。

「よし、自分で言うんだ。みんな、本当に和樹と遊びたがってるんだから。いいな」

すぐさま二階から花札を取ってきた翔太は、それを和樹に渡して子どもたちのほうへ押し出した。

剣士は念のため、「和樹くん、テンションが落ち着いたみたいなんだ。さっきのようなしゃべり方じゃなくなったけど、みんなとやりたいことがあるんだって」と前振りをしておいた。

「えーっと……」とモジモジする和樹を、同級生たちが笑顔で見ている。

「なになに？」「和樹、早く言いなよ」「やりたいことってナニ？」

皆の好意的な視線を受けて、和樹は花札の箱を突き出した。

「これで遊びたいんだ。花札っていうんだけど、知ってる？」

知らない！　と一斉に声をあげる五人。

「でも、なんかカッケー」「見たことはあるな」「かるた、みたいなもん？」「六人で遊べるの？」「早くやってみたい！」

子どもたちは前のめりになっている。

和樹は花札の簡単な説明と、遊び方のルールをみんなに教えた。役の一覧が載った紙を置き、誰もがわかりやすくゲームができるようにする。役の計算は剣士と翔太が受け持つことにした。

いざ、勝負！　と思ったそのとき、意外な横やりが入ってきた。

「ちょっと、それ花札じゃない！」

学級委員長・典子の母親が、いきなり大声を出したのだ。

「そんな博打遊び、やっちゃ駄目よ。花札っていうのはね、危ない人たちがお金を賭けてやるものなのよ」

とんでもない偏見だが、花札に対してネガティブなイメージを持つ人がいるのは事実だ。テレビの時代劇で博徒たちが札を叩き合い、やがて乱闘になっていく様子を、剣士も恐ろしいと思いながら見たことがある。

「麻雀（マージャン）とかパチンコとか、そういった類のものと一緒なの。典子、そんなの覚えちゃ駄目！」

「確かにそうね」と孝志の母も賛同する。

「花札みたいな賭け事にもなる遊び、私も感心しないわ。エスカレートしてパチンコに興味でも持たれたら困るしね。孝志、やめておきなさい」

子どもたちは硬直してしまった。誰も声を出せずにいる。

「風間さん、そろそろお暇します。今日はすごく楽しかったわ」

いきなり卓の母親がにこやかに言った。

「じゃあ私たちも」「すっかり長居しちゃってすみません」

新伍と麻美の母も素早く立ち上がる。

「そうね、お開きにしましょう。風間さん、お料理もデコレーションも素晴らしかったわ。孝志、帰るわよ」

「ホント、素敵な会だったね。さ、典子も支度しなさい」

五人の母に睨まれ、子どもたちは全員うつむいたままだ。

――和樹は両手を握りしめ、目に涙を溜めている。

せっかく勇気を出して遊びに誘ったのに、これではあんまりだ。

「あの、うちとしては、まだいてくれて構わないんだけど……」

水穂がおずおずと言ったが、母親たちは帰り支度を始めている。

どうにかしてやりたいが、剣士にはどうにもできない。

あとで存分に和樹と花札をやってやるか。いやでも、このまま同級生たちと別れてしまったら、学校で気まずくなるのでは……？

思考を巡らせていたら、低いが甘さの滲む声が響いてきた。

「奥様方。ちょっとよろしいでしょうか」

翔太だ。翔太がトレイに載せたティーポットとカップを抱え、座敷の前に立ち塞がっている。

「いま、皆様に紅茶を飲んでいただこうと準備していたんです。とっておきの茶葉をご用意しておいたので。せめて一杯くらい、飲んでいただけませんか？」

〝イケメン指数〟増し増しの声で提案され、母親たちは顔を見合わせた。戸惑っているのがよくわかる。

「ご存じかもしれませんが、花札は〝かるた〟の一種。元々は平安時代の貴族が好んだ〝貝合わせ〟にさかのぼるそうです。江戸時代は賭け事に使われたため幕府から禁止されたそうですが、明治の文明開化によって解禁となり、上流階級の人々がこぞって遊んでいたそうですよ。こうやってお茶など飲みながら、それはそれは優雅にね」

しゃべりながらテーブルに紅茶のセットをしていく翔太。すかさず剣士も手伝う。

「そういえば、麻雀もその昔、中華圏のセレブたちに愛されたゲームだったんですよね。一九二〇年代初頭にはアメリカでも大ブームとなったそうです。非常に知的なゲームなので、今ではゼミに麻雀を取り入れるアメリカの大学もあるんですよ。花札も知能を使うゲーム。日本の大学で取り上げられることも、今後あるかもしれません。ここでやっておいて損はない。僕はそう思いますけどね」

翔太の滑らかな語りに、母親たちはすっかり呑み込まれている。いつの間にか、全員がテーブルに座り直していた。

各自のカップに、翔太が紅茶を注いでいく。

「白糖、黒糖、ハチミツにレモンも用意しました。お好きな飲み方でどうぞ」

ありがとうございます。と母たちが口々に答え、紅茶に手をつけながら「翔太さん、なんでもお上手なのね」「お料理はどこで修業されたの?」などと、翔太を質問攻めにする。水穂も「翔太は元々フレンチの勉強してたんだよね」と、さりげなく会話を盛り上げようとしている。

すると、唐突に麻美が叫び出した。

「よろしくおねがいしま――っす!」

ギョッとする一同。麻美はニコリと笑う。

「知らない？　このあいだテレビでやってたアニメ映画の台詞。最後のほうに出てきたゲーム、花札だったんだよ。さっき思い出したんだ」

「そっか、だから見覚えがあったんだ。アバターのゲーム対決、かっこよかったよな」と卓が追随する。

「そんな有名アニメで取り上げるくらいなら、やっても問題ないよね。頭も使いそうだしさ」

孝志も断言し、新伍と典子が「だよね！」と声を合わせた。

「……しょうがないわねえ。孝志、数学の勉強になるから、ちゃんと役計算を教えてもらいなさい」

リーダー格である孝志の母が折れたので、他の母親たちも「確かに勉強になるかも」「数学と統計学よ」などと賛同し始めた。反対を言い出した典子の母は、無言で紅茶を飲んでいる。黙認を決め込んだようだ。

「さあ、やろう。和樹くん、札を配りなよ」

「う、うん！」

和樹は最高の笑顔で、剣士に勢いよく頷いたのだった。

ゲームが五回戦目で終わるまで、子どもたちは花札で大いに盛り上がった。皆のはしゃぐ声音、役を言い合う声、途中で見学を始めた母親たちの声援。終始、楽しい空気がその場を支配していた。

最後に、「このメンバーで花札の会を作ろう」と誰かが言い出した。リーダーに任命されたのは、最終的にトップとなった和樹だった。

「じゃあ、リーダーからの指令。来週も会を開こう！」

おー、と応じる同級生と笑い合う甥っ子を、翔太がじっと見ている。

——翔太の広い肩は、ほんの少しだけ震えていた。

それに気づいた剣士も、胸の奥が熱くなった。

今、あの場で笑っているのは、過去の翔太だ。翔太は和樹に自分を重ねていた。だから、なんとしてでも仲間を作ってやりたかったのだ。

小学二年生の翔太にはいなかった、大勢の仲間たちを。

人は未来だけではなく、過去すら変えられるのかもしれない。

きっかけさえあれば、どんな痛みも癒(いや)してしまえるのかもしれない。

そう本気で思えたほど、座敷席は温かい空気に包まれていた。

第4章「美食家を満足させる究極の逸品」

その夜。営業が終わった店を片付けながら、水穂が剣士たちにしみじみと言った。

「今日は協力してくれてありがとう。和樹、すごく楽しかったみたい。これからはもっと、同級生と仲良くなれると思う。玄さんになったときは『終わったー』って思ったけど、まさかのファインプレイだったしね。ホント助かったよ」

とてもうれしそうな顔をするので、剣士の心も軽くなる。

「無鉄砲な爆弾男だけど、意図せずに問題を解決してしまう。それが玄なんだよな」

と、翔太も感慨深げにつぶやく。

「しかし、まさかの花札で盛り上がるとはなあ。店の開店準備がギリギリになったけど、終わり良ければ総(すべ)て良し、だ。和樹はもう寝たんだろ？」

「うん、速攻で気絶。熟睡してる。起きたら玄さんになるから、ちゃんとお礼言わなきゃね」

「明日は定休日だから、ゆっくり休ませてやろう。これでタッキーが帰ってきたら問題解決だ。やっと和樹を解放してやれるな」

姉と話しながら、切れ味の良さそうな刺身包丁を丁寧に研ぐ翔太。長い指の動きに色気があるなと、剣士は感じ入る。

自分も早く、どんな包丁でも使えるようになりたい。

「翔太の奥様キラーっぷりもすごかったよね。花札や麻雀のイメージをセレブの遊び風に変えて、勉強に役立つことも何気にアピールしてさ。あの機転、僕には真似できないよ」

「上流階級の人間が優雅にやってたのは事実らしいから。それが、映画やらなんやらで、花札や麻雀は〝荒ぶれた男たちの博打〟ってイメージが強くなってしまったんだろう。これがトランプだとまったく違うんだよな。かつては花札と同じように賭け事でやっていたはずなのに、発祥が西洋だからなのか毛嫌いする人はほぼいない。すべては刷り込まれた先入観なんだよ」

確かに、トランプのポーカーなどにはどこか洒落たイメージがある。役の強さで勝負するのだから麻雀や花札と変わらないはずなのに、不思議だなと剣士も思う。きっと、長年の刷り込みでネガティブなレッテルを貼られたものたちは、ほかにもごまんとあるのだろう。

「今日はオレも疲れた。片づけたら風呂入ってすぐ寝よう」

研ぎ終えた包丁を翔太が仕舞う。剣士も磨いた食器類を棚に入れていく。

「剣士くん、スマホが鳴ってるよ」

水穂がカウンターに置いてあったスマホを持ってきてくれた。

「あ、すみません」

液晶画面を見ると、相手はグルメブロガーのタッキーだった。

「もしもし、タッキーさん？」

『うん、いま空港に着いたとこ。ちょっと早く切り上げて帰ってきたんだ。明日、金の盃を持ってくよ』

「それはありがたいです！　ずっと待ってたんですよ。マジで助かります」

ああ、これで和樹の憑依問題がクリアになる。学校に行かせてあげられる。

ホッとした次の瞬間、タッキーがしれっとのたまった。

『でも、ただで返すわけにはいかないよ。めちゃくちゃ気に入って、チップ弾んで手に入れたんだから。それ相応の対価は払ってもらうからね』

「……ですよね」

もちろんお礼もせずに返してもらうなんて、考えてはいなかったが……。

「あの、どのくらいご用意すればいいですかね？」

恐る恐る電話越しに尋ねると、すぐに答えが返ってきた。

『お金の問題じゃない。ボクが求めるのが何か、剣士くんならわかるよね？』

「……もしかして、『豆腐百珍』のお料理ですか？」

タッキーには何度か求められ、江戸時代のベストセラー『豆腐百珍』に掲載されていた豆腐料理を提供している。作ったのは玄だったが、タッキーは翔太だと思い込んでいた。

『豆腐はもう堪能した。今度はボクがビックリするほど珍しくて日本酒に合う、江戸時代の料理がいいな』

思わず翔太を凝視し、今のリクエストを繰り返す。

「タッキーさんがビックリするほど珍しくて日本酒に合う、江戸時代のお料理。それをご用意できないと、盃はお返しいただけない……？」

『そういうこと。でも、つきみ茶屋の板さんなら大丈夫でしょ。明日は定休日だよね。夕方に寄らせてもらうから、それまでに用意してもらっていい？　蝶子さんと一緒に行くからさ』

「明日の夜、ですか……」

どんな料理を出せばいいのか皆目見当がつかないが、金の盃は一刻も早く返してほしい。事情を把握した翔太も困ったように眉根を指で押さえたが、「仕方がない。承諾してくれ」と小声で言った。

「わかりました。タッキーさん、明日の夕方にお待ちしてます」

通話を終えた剣士に、水穂が「ねえ、なんか大変なことになってない？　金の盃、返してもらえるのかな？」と不安げに問いかけてくる。

「なんとかするしかないです。翔太、タッキーさんをよろこばせる珍しい江戸時代の料理だ。日本酒に合うやつ」

「明日の夜までに準備するのか……。和樹を起こせば玄に相談できるけど、今は寝かせてやりたい。ちょっとオレが考えてみるよ。明日の朝、改めて玄と話してみる」

「わかった。僕にできることならなんでもするから」

「翔太、剣士くん。難題続きでホント悪いけど、うちの子のためにもお願いします。もう学校休ませたくないから」

大丈夫です、と明るく返事をしてから食器の片づけを続けた。

珍しくて日本酒に合う江戸料理か……、と剣士なりに思案しながら。

◆

翌朝、剣士が布団の中でまどろんでいると、翔太が勢いよく剣士の部屋に飛び込んできた。

「剣士、起きろ。いいアイデアが浮かんだんだ！」

「……びっくりした、どうした急に。……あれ？」

見ると、ストライプのパジャマを着た翔太が、巨大なカピバラのぬいぐるみを両手で抱えている。彼が抱き枕代わりに愛用しているものだ。

「ねえ、持ったまんまだよ。カピバラ」

「え？」とぬいぐるみに目をやった翔太は、あわてて自室に戻り、手を空にして戻ってきた。

「今のは見なかったことにしてくれ」

真剣に言うので、思わず笑ってしまった。

きっと起き抜けに何かを思いついたため、抱きしめていたものをそのまま持ってきてしまったのだろう。しっかり者で冷静な翔太と、脱力するほどユルいカピバラのぬいぐるみ。組み合わせのギャップが面白すぎる。

「で、アイデアって？　なにを思いついたの？」

布団から半身を起こし、寝間着代わりのジャージ姿で欠伸をする。

「これからすぐ、合羽橋(かっぱばし)に行く。ほしい調理用具があるんだ。その前に築地で食材を調達してくる。あと、ここには七輪がいくつかあったよな？　先代のときに使ってたやつ」

「あるよ。炭もまだ残ってる」

「よし。それが必要なんだ。七輪は三つあると助かる。悪いが用意してほしい。それから夕ッキーに出す日本酒は、魚介類に合う酸度の高い辛口を頼みたい」

興奮気味の翔太に、とりあえず「わかった」と答えると、部屋の戸からまた誰かが入ってきた。

「いつもより早く起きちまったぜ。ふたりでなに賑やかに話してるんだよ？」

くしゃくしゃ頭に水玉模様のパジャマ。言うまでもなく、和樹に憑依中の玄である。

「玄、昨日はありがとう。お陰で和樹にいい仲間ができたよ。感謝してる」

翔太が丁寧に礼を述べる。

「おう。役に立てたなら万々歳だ。なかなか賢い童たちだったからな。きっと和樹ともうまくやれると思うぜ。ところでよ、金の盃はどうなってるんだい？　俺はいつこの身体からお前さんに移れるんだ？」

「その盃のために、また難題が持ち上がったんだ」

「今度はなんでぃ。もう何が起きたって驚かねぇぞ！」

あの、あなたの存在が一番の驚異なんですけど。と言いそうになった剣士だが、黙って翔太と玄の会話を拝聴する。

「今日の夕方、タッキーが盃を持ってくる。蝶子も一緒に来るらしい。でも、盃と交換に、日本酒に合う江戸時代の珍しい料理を作ってくれと言われたんだ。それが口に合わなければ、盃は返せないそうだ」

「はぁ？　酒に合う珍しい料理ってか。そりゃ漠然とした注文だなぁ。今の奴にとって何が珍しいんだか、よくわかんねぇよ。ああでも、鶴の鍋なんかは珍しくて酒にも合うぜ。あとは、川獺（かわうそ）とか狐の肉なんかも乙な味だ。江戸でも薬ってことにしてこっそり食ってたんだけどよ……」

「無理だ。鶴も川獺も狐も今は食べられない」

「だよな。俺だってもう承知してるさ。……翔太、目が怖いぜ」

「今は冗談を言ってる場合じゃないんだよ。実は、オレなりに調べて考えてみたんだ。日本酒に合う珍しい江戸料理。やっと思いついたよ」

「ほう、そりゃ興味深いね。なんなんだい？　教えておくれよ」

そして翔太は、玄と剣士に自らのアイデアを語って聞かせた。

聞き終えた玄は、「だったらこうしたほうがいい」と江戸時代の料理人ならではの助言を翔太に与え、タッキーを満足させるべく計画を練っていった。

「――よし、基本路線は変わらずだな。この献立でタッキーと蝶子に酒を飲んでもらおう」

「俺も飲みてぇよ。話してるだけで喉が鳴っちまったわ。なあ、今夜の酒、ちくっとだけでいいから飲ませてくれないかい？　水穂には内緒で……」

「ダメよ。もう少しだけ我慢して」

なんと、水穂まで剣士の部屋に入ってきた。戸口で話を聞いていたようだ。

「昨日の玄さんには感謝してるよ。和樹のために頑張ってくれて、本当にありがたかった。だから、わたしだってホントは日本酒くらい飲んでほしい。できれば一緒に乾杯したいよ。でも、和樹の身体でいる限りダメなの。まずは盃を返してもらうように頑張って。お願いします」

頭を下げられ、玄は「わかったよ、甘酒で我慢するよ……」と残念そうにつぶやく。

「甘酒？　そんなのいつ飲んだのっ？　まさか翔太が飲ませたんじゃないよね!?」

「夢で飲んだんだろ」

目を吊り上げた水穂をスルリとかわし、翔太は剣士に視線を向けた。

「そうだ剣士、お雪さんの件はどうなった？　桃代さんは説得できそうか？」

内心ドキッとしたが、動揺を抑えて報告する。

「桃ちゃんとは今週中に話すことになってる。どうにかしてくるよ」

どうにかできる確証などなかったのだが、その問題に関しては自分が責任を持つつもりでいた。一応、対応策も考えてある。

「剣士、頼んだよ。翔太になれたら、お雪さんに膳を作りたいんだよ。一度でいい。俺の目の前で『美味しい』って言ってほしいんだ」

必死な玄。もちろん、その願いは叶えてやりたい。

「了解です。僕がなんとかします」

「じゃあ、オレは買い物に行ってくる。みんなも準備を手伝ってほしい。よろしく頼むな」

翔太は朝食も取らずに出ていった。残った剣士たちは、水穂の作ったフレンチトーストとサラダで腹を満たしてから、各々がやるべきことに没頭した。

「蝶子からメッセージがあった。三十分以内にタッキーと来るそうだ」

黒の和帽子と作務衣に着替えた翔太が皆に告げた。

水穂と玄も和帽子に作務衣、剣士は着物姿。店の営業時と同じスタイルでタッキーの来店を待っている。一点だけ異なるのは、全員が黒い羽織をまとっていることだ。

「よし、やるぞ」

戦闘指揮を執る指揮官のごとく、翔太が号令をかけた。

そして――。

「こんにちはー」と蝶子が相変わらず艶やかな芸者姿で現れた。暖かそうなファーのストールを肩にかけている。後ろからスーツの上にコートを羽織ったタッキーが、丸メガネの縁を押さえながら顔を出す。

「やっぱり日本はいいね。清潔だしメシはウマいし。やっと帰国できたよ」

「タッキーさん、取材旅行お疲れさまでした。ずっとお待ちしてたんですよ」

剣士は愛想よくふたりを迎えた。

「蝶子さんもいらっしゃい。これからお店ですか？」

「そう。またたっちゃんに同伴してもらうの。事情は全部聞いてるよ。たっちゃん、金の盃、ちゃんと持ってきてるよね？」

「もちろん、ここにある。ボクを満足させてくれたらすぐに返すよ」

タッキーが絹の布で包んだ盃を鞄から取り出す。中から眩(まばゆ)い金の光がこぼれてくる。

やっと、ここに戻ってきた。

これで、〝超異常事態〟が〝普通の異常事態〟になる……。

どちらも異常なのだが、子どもの和樹が憑依されているよりも、玄を受け入れると決めた翔太に取りついたほうが遥かにマシだ。

「タッキーさん、いらっしゃい。今日はオレの家族が手伝いに来てくれてるんです。

姉の風間水穂と甥っ子の和樹です」

翔太に紹介され、水穂と玄が挨拶をする。

「グルメブロガーのタッキーさんですよね。お会いできて光栄です」

「それはどうも。あとでボクのサイン本、差し上げますね」

「うれしい。ありがとうございます」と、さほどうれしそうでもなく礼を言う水穂。

玄は翔太と剣士から「しゃべるな」と釘を刺されているので、押し黙ったまま水穂にくっついている。

「あらー、このあいだもいた粋な子ね。和樹くん、あたし、このお店のファンの蝶子。よろしくね」

屈んで和樹と顔を合わせ、美しく微笑む蝶子。

「はい」としか玄は言わない。

よし、そのまま大人しくしててくれ！　頼む！

剣士は心の中で叫ばずにはいられない。

「さっそくだけど、準備してくれた？　日本酒に合う珍しい江戸料理。これから蝶子さんの料亭に行くから、量は多くなくていいんだ。とにかく驚きがほしくてさ。飢えてるんだよ、和食の繊細さや奥深さに。ずっとアジアでダイナミックな料理ばっか食べてたから」

「かなり悩んだんです。タッキーさんは美食家中の美食家ですから、何をお出ししたらいいのか見当もつかなくて。でも、うちの料理人が準備を整えました」

「楽しみだなあ。ここの板さん、腕はいいからね。たまに接客態度が妙なときもあるけど」

その妙な接客態度の原因は玄で、今は側にいる少年に憑依している。

……なんて、タッキーは知る由もない。

「だいぶ寒くなってきたよね」とコートを脱ごうとした彼に、「本日は庭で召し上がっていただきますので、コートはそのままでどうぞ」と告げる。

「庭？」とタッキーは訝しがり、蝶子も不思議そうな顔で脱ぎかけていたストールをかけ直す。

「はい。ご案内します」

引き戸から出て庭へと続く石畳を、剣士が先導して歩いていく。

秋の夕風が、それなりに整えられた庭の木々を揺らし、色づき始めた葉たちが夕日の光を反射している。

「こちらのお席にお座りください」

店の窓のほど近くに、簡易テーブルと椅子がセッティングされていた。

「やだ、なにこのサプライズ。てっきりお店のカウンターかお座敷でいただくのかと思ったのに、まさかお庭だなんて。なんだかドキドキしちゃう。ねえ、たっちゃん」

愛嬌たっぷりにタッキーを見る蝶子。

「やっぱりだ。ありきたりな演出はしないと思ってたんだよね」と、タッキーも笑顔に期待を滲ませている。

そこに、手袋をした翔太が、木製のワゴンで徳利（とっくり）と三つの七輪を運んできた。ワゴンの中段には、ゲスト用の薄い手袋なども用意されている。

後ろから盆を手にやって来た水穂が、ふたり分の箸と数枚の取り皿、おしぼりを素早くセットして去っていく。

「早速ですが、一品目のお料理です」と、翔太が七輪をテーブルに置く。

網の上にあるのは、長方形の薄い板が二枚。板と同じ材質の紐で結ばれており、中に何かが挟んである。端々にうっすらと焦げ目のある板のあいだから、微かに煙が立ち上っている。

「わあ、いい香り。この板の匂いね」

蝶子がしきりに鼻を動かす。

翔太は「そう、杉の板なんだ」と答え、堂々とした口調で言った。

「こちら、江戸時代に流行った調理法のひとつ、〝杉焼き〟です」

「杉焼き……。料亭で食べたことあるけど、こんなんじゃなかったなあ。薄い杉の箱で魚を味噌焼きにしたものだった」

タッキーが珍しそうに板を見つめている。

「料亭で提供される杉焼きは、そのような形式が多いようですね。今回は、無垢（むく）の杉板で挟んで食材を調理する、シンプルな杉焼きにしました。焼くだけではなく、蒸す、燻（いぶ）すという調理法も兼ねています。杉は燻製（くんせい）チップにも使われますので、まさに燻製のような香ばしい風味がするはずです」

解説した翔太が紐を解き、上の板を外す。ちなみにこの杉板は、翔太が合羽橋の調理器具店で調達してきたものだ。

中には、殻にみっちりと収まった大粒の真牡蠣（まがき）が、ふたつ並んでいた。

「きゃー、焼き牡蠣ね。大好き！」

「粒が大きくてプックリしてる。ウマそうだ」

うれしそうな蝶子とタッキーの取り皿に、翔太が殻ごと牡蠣を載せる。

「まずは、旬真っただ中の真牡蠣をご堪能ください。熱いのでお気をつけて」

「いただきます!」とふたりは同時に箸を取る。

タッキーがアッッと声を出し、肉厚の身にかぶりつく。

中から牡蠣のエキスがこぼれ、殻の中に溜まっていく。

「これはすごいな。最初に軽く燻製の香りが広がってから、牡蠣本来の風味が追いかけてくる。身は蒸し焼きのようにふっくらとしてて、ジューシーかつミルキー。自然の塩味が旨みを引き立てている。杉と牡蠣、山と海の恵みが奏でる豊かなハーモニーだね」

人気グルメブロガーだけに、タッキーは食レポが得意なのである。

「杉板は水に浸してから焼きます。そのため、水蒸気が発生して蒸し焼きのような状態になるんです」

「翔ちゃん、ホント美味しいよ。杉焼きって、燻製と蒸し焼きのいいとこ取りなんだね。もっと食べたくなるなあ」

初めは一枚の板の上で焼くつもりだった翔太だが、玄から「板を重ねて蒸し焼きにしたほうが旨くなる」と言われ、その意見を採用したのである。

蝶子とタッキーは、あっという間に牡蠣を平らげてしまった。

ふと、蝶子がワゴンの徳利に目をとめる。

「ねえ、お酒はいただけないの？　徳利はあるのにお猪口がない。翔ちゃん、お猪口をもらえる？」

「猪口は用意してないんだ」

そう翔太が告げた途端、タッキーが眉を上げた。

「ねえ、言ったはずだよね？　日本酒に合う料理にしてほしいって。なのに猪口がないってどういうこと？　なんで徳利だけあるのさ」

「それはですね」と、後ろに控えていた剣士が一歩前に踏み出した。

「ここに天然の猪口があるからです」

唖然とするタッキーたちに、用意してあったゲスト用の手袋を差し出す。

「殻の熱はすぐに冷めますが、念のためにこちらの手袋をしていただいてから、お手に取ってください」

「なるほど、そういうことね」

蝶子が断熱性のある薄い手袋をはめ、両手で真牡蠣の殻を持つ。タッキーも彼女に続いた。剣士は、ふたりの殻に日本酒をなみなみと注ぐ。

「アルコール度数十八度台の、辛口吟醸生酒（ぎんじょうきざけ）です。ぬる燗になってます。どうぞ召し上がってください」

ひと口飲んだタッキーが、「ううむ」と唸（うな）る。

蝶子は「美味しい――」と飛び上がらんばかりによろこんだ。

「焼き牡蠣のエキスと燻製の香りが混ざったお酒。飲み物なんだけど、お吸い物みたいでもあって。例えるならフグのヒレ酒とか、あんな感じかな。とにかく抜群に美味しい」

一気に飲んでしまった蝶子とタッキーに、お代わりを注ぐ。

「この香りのいいお猪口なら、何杯でも飲めちゃいそうね」

「いやー、やられたな。確かに酒と合う珍しい料理だ。っていうか、主役が酒になるように考えられてる。そうでしょ、板さん？」

「楽しんでいただけたら幸いです」とだけ答え、翔太がふんわりと微笑む。

夕焼けを受けて煌めく彼の瞳を、蝶子がトロンとした表情で見ている。早くも酔いが回ってきたようだ。そんな蝶子をチラ見したタッキーが、不満そうにへの字口になったのが、剣士は少しだけ気になった。

「では、次の杉焼き料理をお出ししますね」

翔太はワゴンに載った二つ目の七輪をテーブルに載せた。

牡蠣と同じように、杉板で食材が挟み込まれている。

中から現れたのは、二本の巨大なタラバガニの脚だった。

「でた！　今旬のタラバガニ！　憧れのおっきくて太い脚！」

興奮気味の蝶子が、「これも殻をお猪口にするのね！」と頬を緩ます。

「はい。お酒がこぼれないように殻に細工をしてあるんです。まずは、身を取り出しちゃいましょう。あ、翔太がやってくれますよ」

上部をカットした殻の中から、ほどよく火の通った肉厚の身を器用に取り出し、小皿に盛る翔太。残った殻の中に、剣士がぬる燗を注ぐ。

「しまった、写真撮るの忘れてた！」とタッキーが叫び、あわててスマホを取り出している。

「たっちゃん、お先にタラバいただくね。――うーん、甘くて瑞々しくて、間違いのないお味。スカスカなのもあるけど、これは身がむっちりしてて食べ応えがあるわー。で、お酒を一杯。――くぅー、染みる。杉の燻製香が最高のスパイスね。さっきの真牡蠣とも全然違う。タラバガニのエキスで、辛口のぬる燗が甘く感じるわ」

「タラバガニと日本酒が合わないわけがない。鉄板のウマさだ。しかも、これから冬にかけてがタラバのシーズン。深海で餌をたっぷり食べてるから、身入りがしっかりしてて味も最高なんだよ。酒が進んじゃうな」

タッキーは太く長い身に豪快にかぶりつき、酒を味わっている。

「日本酒って、ホント魚貝類やお刺身に合うわよね。不思議なくらい」

「それには科学的な理由があるんですよ。水揚げされた魚貝はアルカリ性が増えていく。日本酒の旨み成分はアミノ酸。アルカリ性と酸性が合わさると中性になって魚貝の生臭さが消えるので、旨みだけがくっきりと残るんです。日本人は昔から、美味しい組み合わせを感覚として知っていたんでしょうね」

剣士が話しているあいだに、玄が小さい手で盆を持ち運んできた。その盆からソースの入った小さな器と、徳利をワゴンに載せる。

「あら、和樹くん。お手伝いしてるのね。まだ小さいのに感心だわー。翔ちゃんにちょっと似てるし、いい男になりそうね」

蝶子がニコニコと笑いかけるが、玄は口角を少し上げて沈黙を守っている。

よし、いいぞ。そのまま何も話さないでいてくれ。もうすぐ盃が返ってくる。そのためにも、べらんめえのおしゃべりは封印だ！

行儀良く立つ玄に届くように、剣士は再び心中で叫んだのだった。

「本日最後の杉焼きです」

翔太がひとつだけ残っていた七輪をテーブルに置く。

「こちらもサーブさせていただきます」

上の杉板を取り上げると、燻製の香りと芳醇な磯の香りが、湯気と共に広がった。

「わっ」「すごい！」とタッキーと蝶子が歓声をあげた。

半身の大きな海老が、真っ赤な殻をまとって湯気を立てている。

「伊勢海老の杉焼き。今朝、東京湾で猟師が釣った新鮮な伊勢海老です。こちらは江戸風のソースをお付けします」

ふたつの皿に半身の伊勢海老をひとつずつ置き、あらかじめ切れ目を入れておいた身を殻から取り出す。プリプリの身の脇に小さなソースの器を添え、殻は別皿に載せて猪口代わりにする。

「こちらの殻も、お酒がこぼれないように飲み易くしてあります。海老の味噌が残っているので、お酒に混ぜて飲んでみてください。今度は味噌が溶けやすいように熱燗を用意しました」

剣士が勧めると、写真を撮り終えたタッキーが、大きな殻を持ちあげて口に運んだ。

「熱々。まるで魚貝出汁のスープだね。ぬる燗よりも辛みを強く感じる熱燗に、濃厚な味噌が溶け合って、強烈な旨みを醸し出してる。殻から飲むという特殊な演出が、より酒の美味しさを際立たせる。伊勢海老酒。こんな贅沢で変わった日本酒の飲み方は初めてだ」

「ありがとうございます」

剣士は翔太と同時に声を出した。

手応えアリ。盃の対価として、タッキーに認めてもらえそうだ。

「ちょっとたっちゃん、この伊勢海老も美味しいわよ。そのままでももちろんいいんだけど、さっき食べたタラバガニとちょっとだけ似てるじゃない？　自然の塩味と微かな燻製香、プリッとした食感と甘み。それがさ、このソースをつけると百八十度変わるのよ。ね、食べてみてよ」

蝶子にせっつかれ、タッキーが海老の切り身を箸で取り、器に入ったクリーム状のソースにつけて食べる。

「——これは……」

と言ったまま、彼はしばらく沈黙してしまった。

「あの、お口に合いませんでしたか？」

たまりかねた剣士が問うと、タッキーは箸を置いて立ち上がった。

「このソース、さっき〝江戸風〟って板さん言ったよね。これのどこが江戸風なんだ？　まるでバター醬油じゃないか。バターを使った料理が江戸時代にあったなんて聞いたことがない。ボクは板さんの江戸料理を期待して来たんだ。期待外れにもほどがあるよ！」

タッキーは今にも帰り出しそうになっている。蝶子が「ちょっと待ってよ、たっちゃん」と彼の腕を摑んだ。

想定外の拒否反応。剣士の胸に絶望感が押し寄せてくる。

それまでが良くても、最後が悪いとすべてが台無しになる。

あともう少しだったのに、盃は返してもらえないのか……？

「タッキーさん、説明不足ですみません。これはですね……」

翔太が話そうとしたのだが、それを子どもの声が遮った。

「ばたー、じゃねぇよ。そりゃ〝白牛酪（はくぎゅうらく）〟だ。白牛酪に醤油を混ぜたもんだよ。お前さん、せっかちの早とちりだね。お前さんの我が儘のせいで、翔太がどんだけ頭を捻ったと思ってんだい？　ありがたく食わねぇと罰が当たるわ！」

ああ、ついに玄がしゃべってしまった。しかもキレ気味に。

八歳児とは思えない江戸弁の啖呵に、タッキーたちは驚愕している。

「あのですね、今この子は翔太と一緒に暮らしているんで、江戸っ子モードになるときの翔太に影響されてるんです。べらんめえ口調が移っちゃってるんですよ。子どもの言うことだから大目に見てやってください！」

必死で言い訳をする剣士。すると、タッキーが椅子に座り直し、玄の顔を覗き込んだ。

「はくぎゅうらく？　それなに？　なんで君が知ってるの？」

「江戸にもあった貴重な薬さ。白牛の乳に砂糖をちくっと入れて、煮詰めてから固めたもんだ。〝牛かまぼこ〟って名前でも呼ばれてた。これをもっと煮詰めて固めたら、立派な白牛酪の出来上がりだ。それを、翔太が勉強して作ってみたんだよ。俺も手伝った。鍋の牛乳をあったためながらかき回してよ、固くなりきる前に醤油を垂らしてみたら、このそーすになったのさ。魚貝にも合う旨いそーすだ」

一気にしゃべった玄は、最後にひとつだけ言い足した。

「翔太が作ったんだよ。お前さんに『旨い』って言ってほしい一心でな」

タッキーは無言でソースの器を見つめている。

「和樹、もういいから。あとはオレに任せてくれ」と翔太がなだめ、補足説明を始めた。

「白牛酪は、江戸幕府第八代将軍の徳川吉宗(とくがわよしむね)が、インドから輸入した白牛で作らせたものだそうです。疲労回復や解熱作用があるとされ、良薬として大名たちが使っていたと言われています。でも、本当は食用でもあったそうなんです。肉や乳製品を堂々と食べにくい時代だったから、薬ってことにした。吉宗は白米に白牛酪を載せて食べるのが好きだった、なんて噂も当時はあったらしいです。今で言うバターライスのような感じですかね」

「そっか、お肉と一緒だったのね」と蝶子が手を打つ。

「本当は食べてたのに表向きは隠してたから。記録が残ってない、とかね」

「その通りだ。おかしな風に伝わった歴史って、案外多かったりするんだぜ。いま残ってる過去の話なんて、誰かが作ったおとぎ話かもしれねぇからな」

子どもらしからぬドヤ顔をする玄に、蝶子は目を細めている。

「和樹くん、江戸っ子モードの翔ちゃんにそっくり。さすが甥っ子ね。将来が楽しみだわー。ねえ、たっちゃん？」

タッキーは押し黙ったままだ。

そこに水穂が現れ、「うちの子がまた失礼をしたようで、申し訳ありません。子ども戯れですので、どうかお許しください。和樹、行くわよ」と、息子の手を引いて店内に消えた。すれ違いざまに、「あとは頼んだからね」と剣士たちに言い残して。

しん、としかけた場を救ったのは、当然のごとく蝶子の朗らかさだった。

「たっちゃん、せっかくのお料理なんだから、楽しく食べましょ。そういえば乾杯してなかったね。天然のお猪口で乾杯しましょうよ」

「よろしければぜひ。冷めてしまったので熱燗をお持ちします」

「いや、いい」とタッキーが剣士に即答した。

「このままでいいよ。酒を注いでくれる？」

言われた通り、伊勢海老の殻に徳利を傾ける。

タッキーは蝶子と殻を掲げ合い、中の日本酒を飲み干した。

「板さん、剣士くん。今夜は楽しませてくれてありがとう。伊勢海老の白牛酪ソース、めっちゃ美味しかったよ。全部が珍しくて酒も最高だった。いろいろ勉強にもなったしね。さっきは大人気(おとなげ)ないこと言ってすまなかった。だからさ……」

次の言葉をじっと待つ。

「今度は営業してるときに来る。またウマいもん作ってよ」

そして彼は、残っていた伊勢海老とソースをキレイに平らげた。

「ごちそうさま。蝶子さん、タクシーで行こうか」

「それはいいけど、たっちゃん、肝心なこと忘れてるよ？」

庭から立ち去ろうとしたタッキーがピタリと足を止め、鞄から金の盃を取り出した。

「マジで満足したよ。だから、この金の盃は返す」

よっしゃ――！　と剣士は心中でガッツポーズを取り、盃を受け取った。

「よかった。これですっきりここを出られるよ」

蝶子が微笑み、タッキーは剣士たちと向き合う。

「これって、大事な盃だったんでしょ？　遅くなって悪かったね。いつもボクの我儘を聞いてくれて感謝してる。ここはいい店になると思うよ。ボクが応援する店にハズレはないからね」

「ありがとうございます！」

剣士は翔太と共に頭を下げ、安堵（あんど）の息を吐き出した。

これで玄を翔太に戻せる。あとは……桃ちゃんの説得だ。

それが最後の難関だと、剣士はまた息を吐く。

今度は、不安の混じった息だった。

第5章「想い人に捧げる鍋料理」

金の盃がつきみ茶屋に戻ったことで、ようやく玄は和樹から離れ、翔太に取りつくことができた。水穂は元に戻った我が子の姿に胸を撫で下ろし、そそくさと帰り支度をし終えた。

「よかったー、和樹が和樹になってくれて。剣士くん、こんなことが二度とないように、あの金の盃、しっかり管理してね」

「もちろんです。長々と申し訳ありませんでした」

「翔太も大変だと思うけど、自分で玄さんを引き受けたんだから頑張るしかないよね。なんかあったら相談に乗るから、いつでも連絡して」

「ありがとう。姉さんがいてくれて本当に助かったよ」

「えー、もうおうちに帰るの？　翔太兄ちゃんや剣士さんと、もっと遊びたかったな」

「いつでも来ればいいよ。学校の友だちによろしくな」

翔太がやさしく甥っ子の頭を撫でる。

「うん。みんなとまた、ここで花札やってもいい？」

「事前に連絡してくれれば大歓迎だ。なあ剣士？」

「もちろん。店が休みの日なら、僕らが役計算してあげるよ」

「やった。絶対だからね！」

玄に憑依されていたときの出来事を、最後まで夢だと思い込んでいた和樹は、名残惜しそうに水穂と実家に帰っていった。


そして剣士は今、桃代と約束したランチの場所へと向かっている。

彼女が指定したのは、青山にある静かなイタリアンレストランだった。

ビルの地下にある店に入り、「予約した月見です」とウェイターに告げると、奥にある個室へと案内された。桃代が会食でよく使うらしい。

しばらく待っていたら、ヒールをカツカツと鳴らしながら、グレーのパンツスーツを着た桃代が軽く手を振りやってきた。

「お待たせ、剣士。お店は順調にいってる？」

「初日に来てくれてありがとう。今のところ、なんとかやっていけそうかな」

玄と入れ替わるようになった翔太とふたりで店を回すのは、思いのほか大変だったけど、完全予約制で献立が決まっているため、どうにかやれそうではあった。玄が暴走するようなことも、現時点ではまだない。挨拶時にべらんめえ口調が出てしまうこともあるが、店の雰囲気にマッチしているので大きな問題にはならなそうだ。

桃代が着席すると、ウェイターがメニューを手にやって来た。

「いらっしゃいませ月見様。いつもご来店ありがとうございます」

「こちらこそ、今日もお世話になります。剣士、ワインでも飲む？」

「いいよ、桃ちゃんまだ仕事中だろうし。僕も店があるから」

「そっか。じゃあ、ペリエでいいかな？　コースも私が選んじゃっていい？」

「任せるよ」

桃代は「ペリエふたつと、パスタコースでお願いします」と、慣れた口調でオーダーを済ませて剣士と向き合った。

「このあいだは武弘さんが暴言吐いてごめん。びっくりしたよね」

「正直、かなり驚いた。何がそんなにダメだったのか、もっと本人から話を聞きたいくらいだよ」

「それがさ、あのあとも会ったんだけど、詳しく話してくれないんだよね。とにかく、本物の江戸料理じゃない、の一点張りで。でもそれって個人の主観じゃない？こんなこと言いたくないんだけど、イチャモンにしか思えないんだよね。あの人、黒内屋の専務だけど、実務にバリバリ関わってるわけじゃないから、店舗運営の目利きでもないみたいだし。だからさ、気にしなくていいと思う。私はもう二度と連れてかないから。ってゆーか、相変わらず付きまとわれてるのが苦痛で仕方ないよ」

いきなり愚痴っぽくなる桃代。ストレスが溜まっているようだ。

「最近さ、武弘さんがストーカーっぽくなってきたんだよね。会社とか家の前で待ってたりして。ちょっと困ってるんだ。まあ、ボンボンで肩書持ってる人だから、犯罪行為には至らないと思うけど」

「いや、肩書で判断するのは危険じゃないかな？　とはいえ、警察に相談しても実際の被害がないと動かないらしいしね。僕ができることならなんでもやるけど……。ねえ、あの人って本当に桃ちゃんが好きなのかな？　言動に違和感がありすぎるよ。何か別の目的があるような気がしない？」

「別の目的って？」

「たとえば、仕事上の機密を狙ってる、とかさ」

んー、と桃代が手を顎にやり、足を組みかえた。

「武弘さんに狙われるような機密……。ちょっと思いつかないなあ。まあ、今のとこ大丈夫。不快感を我慢してればいいだけだから。心配してくれてありがと。で、話ってなに？　お金なら貸せないよ」

「もちろん借りるつもりなんてないよ」

苦笑した剣士は、居ずまいを正して桃代を直視した。

「あのさ、このあいだ言ってたよね。『サイコの記憶』の続編を作るけど、シナリオが固まらないって」

「そーなのよ。まだ難航してて。ちゃんとストーリーも台詞も作れるライターさんって、みんな忙しいんだよね。時間がある人は、それなりの理由があるケースが多くてさ。剣士がまたプロットだけでも作ってくれたらいいのに。なーんてね」

「あるよ、続きのプロット」

そう告げた瞬間、桃代が息を呑んで目の色を変えた。

「なにそれ、どーゆうこと？」

「桃ちゃんには見せてなかったけど、続きも考えてあったんだ。中二病真っただ中の高校時代に書いたもんだから、気恥ずかしくて自分じゃ読み返せないんだけど」

「それ、読ませてもらえないかな。『サイコ』は剣士の構想をストーリー化したものだから、続きも同じ人が考えたほうがいいはずなんだよね」

「力になれるかわからないけど、データはあるよ。実はＵＳＢに入れて持って来たんだ」

「マジで！　早く言ってよ。めっちゃ助かるかもしれない。ＰＣ出すからちょっと待ってて。ここでチラッと見てもいい？」

いいよ、と答えるや否や仕事モードとなり、バッグからノートパソコンを取り出す桃代。剣士が差し出したＵＳＢからデータを取り込み、とてつもない速さで文字を追い始める。

その間に、ペリエ、フォカッチャ、生ハムや鯵(あじ)のマリネなどが盛られた〝前菜の盛り合わせ〟、お任せパスタの〝秋野菜と秋刀魚(さんま)のペペロンチーノ〟、さらに、デザートの〝特製パンナコッタ〟が運ばれてきたのだが、すべて手つかずのまま。剣士はひとりでゆっくり、全皿を味わってしまった。

「――なるほど。ベースのアイデアは悪くないね。手を入れたら使えるかも。これ、ちょっと預からせてもらってもいい？」

「もちろん。そのために持ってきたんだ。こんなんでよければ使ってくれていいよ」

「イケそうだったら、ギャラはちゃんと払うよ」と言いながら、桃代はようやく前菜を食べ始めた。

「お金はいい。その代わり、お願いがあるんだ」

「来た来た。そう来る気がしてたんだよね。今日の目的って、そのお願いなんでしょ？」

優秀な女社長である桃代だけに、剣士の魂胆は見え見えのようだ。

「桃ちゃんは誤魔化せないなあ。その通りなんだ」

「とりあえず言ってみて。可能なことなら前向きに検討するから」

「実はね……」

食事を続ける彼女に、剣士は青銅の盃とお雪の件を切り出した。

もう一度だけ、盃を使ってほしい。お雪になって玄の作る膳を食べてほしい。ひと晩だけで構わない。すぐに元に戻すと約束する——。

「玄さん、ホントはお雪さんになった桃ちゃんのこと、物陰から見てたんだ。でも、子どもの姿でお雪さんに逢うと、彼女を戸惑わせるんじゃないかって思ったらしい。

小さな手じゃ慣れた包丁も扱えない、ちゃんと料理も作れないって。だから、大人の翔太に戻れるまで、ずっとやせ我慢してたんだよ」

話しているうちに、我がことのように切なくなってきた。

どうにかして、もう一度お雪と玄が逢える機会を作ってあげたい。

「言いたいことはわかった」

桃代は動かしていたフォークを皿に置く。

「だけどさ、私がお雪さんになってるあいだに、玄さんになった翔太くんと何かあったらどうすんの？　想い合ってたふたりなんでしょ。いろんなことしたくなっちゃうんじゃない？　あと、お雪さんが自ら封印してくれる保証ってある？　そのまままずっと玄さんといたい、なんて言い出したらどうなっちゃうわけ？　ちょっとリスキーすぎて、簡単に承諾できないよ」

「そうだよね。いろいろと心配なのはわかるよ。そこに関しては、僕を信じてもらうしかない。ふたりきりにはさせないよ。何か起こりそうだったら全力で止める。お雪さんは、一度だけ玄さんと話せたら必ず盃を使うって、約束してくれたんだ。子孫の桃ちゃんの迷惑にならないようにって。あの言葉は信じていいと思う」

「んー、信用問題となると、ますます判断が難しいな……」

一気にデザートまでたどり着いた桃代は、カプチーノを飲んでひと息ついた。剣士は粘り強く説得を続ける。

「お雪さんはさ、自分のせいで玄さんが死んだと思ってるんだ。玄さんに毒を盛った武士を恨んで、かたき討ちまで考えてたらしい。だから、どうしても玄さんと話がしたい。玄さんは純粋に、自分の膳をお雪さんに食べてもらうのが夢だった。それが叶ったら、もしかしたら……」

「もしかしたら、なに？」

「お互いに未練がなくなって、成仏しちゃうかもしれない。ふたりで一緒に。そうなってもいいから、想いを遂げさせてあげたいんだ。頼むよ桃ちゃん。このデータは好きにしてくれていいからさ」

「先にこっちのほしいものを提示してから、自分の要望を伝える。剣士、ずいぶん交渉が上手くなったじゃない」

「……ごめん。そこまでしてでも頼みたかったんだ」

一か八かの賭けだった。桃代がゲームの続編プロットに興味を持たなかったら、その時点で勝率はゼロに近くなる。それでも剣士は、他に交渉材料を持ち合わせていない。先ほどの感じだと、感触は悪くなさそうだった。

どうかどうか桃ちゃん、うん、と言ってくれ――。

しばらく思案していた桃代は、唐突に「わかった」と返事をした。

「ホント？　マジでっ？」

前のめりになった剣士を、「ただし」と彼女が制止する。

「こっちの要望をさらにプラスしたいの。それでもいいなら、ひと晩だけお雪さんになってもいいかな」

「どんな要望？　僕にできることなら受けるよ！」

「さっきも言ったけど、私、武弘さんにどうにか離れてほしいのね。だから、稚拙な方法かもしれないけど、武弘さんの前で翔太くんにカレシの振りをしてほしいの。いや、婚約者くらいに設定しないとダメかも。婚約したって信じてもらえたら、もう追ってきたりしないと思うんだ。プライドの高い人だから。どう？　翔太くんにお願いできる？」

意外な申し出に戸惑ったが、翔太の意思を確認しないと返事ができない。

「わかった、翔太に連絡してみる」

急いで店の廊下に出て電話をかける。翔太はすぐに応答した。

『桃代さんの婚約者の振り？　そのくらいなら全然構わないよ』

「よかった、これで最後の難関クリアだ！」

想定以上にスピーディーな流れだった。

お互いの思惑が一致し、桃代との交渉が成立したのである。

実は、彼女が引き受けてくれなかったら、剣士自身がお雪を憑依させるつもりだった。自分も子孫なのだから可能なはずだし、水穂にでも頼んで立ち会ってもらえば、なんとかなるだろうと。ただ、相手が見慣れた（しかも男の）剣士だと、玄のやる気が削がれる可能性もあるので、できれば避けたい選択でもあった。

あー、桃ちゃんが引き受けてくれて助かった。あと、今日いたのが玄さんじゃなくて翔太でよかった……。

軽やかな足取りで席に戻り、桃代と具体的に話を詰めてから店を出た。

すべてが上手くいくと、この時点では信じて疑わなかった。

◆

「うおおお、どうしたらいいんだ！　何を作ればいい？　やっぱ鯛（たい）の尾頭つき？　鮑（あわび）

の煮物？　いや、俺の得意な豆腐料理は欠かせねぇよな。そうだ、どうせならあの頃は食えなかった旨いもんも出してやりてぇよ。このあいだ和樹の会で食った、うんと柔らけぇ牛の肉とかさ。そうだ、甘味はしゅーくりーむなんかもいいよなぁ。ああ、食ってほしいもんがありすぎて決められねぇよ！　剣士、お雪さんは何が食いたいか言ってなかったかい？」

「知りませんよ。玄さんの好きにしてください」

「いやいや、こりゃ一大事だぜ！　絶対に下手は打てねぇ。考えすぎて頭がおかしくなりそうだよ」

先ほどからアタフタしているのは、翔太に取りついた玄である。前髪の一部が白くなり、瞳が爛々としている。着物にふんどし姿でカウンターの周辺をうろつき、献立で悩みまくっているのだ。

「桃ちゃん、じゃなくてお雪さんが来るのは今夜です。早く決めないと何も準備できませんよ」

「なんでそんな急なんだよ！　起き抜けに『今夜お雪さんが来ます』なんて言われて、あわてねぇわけねぇだろ！　どう考えても時間が足りねぇよ！」

「経営者の桃ちゃんは忙しいんです。いろいろと都合がいいのが今夜だって、昨日連絡が来たんですよ。うちの定休日に合わせてくれたんだから、それだけでも御の字だと思わないと」

「俺は一体、どうすりゃいいんだ……」

頭を抱えてしまった玄に、剣士はそっと話しかけた。

「思ったんですけど、凝った膳を出してたら、玄さんがお雪さんと一緒に食事ができないですよね。そんなに凝らなくてもいいから、ふたりでつつけるものがいいんじゃないですか?」

「俺がお雪さんと飯を食う? そんな夢みたいなことあっていいのかよ。だってよ、お雪さんは売れっ子芸者で、俺は仕出しの料理人だったんだぜ。お互いに、客人が食うのを見てることしかできなかったんだ。一緒に何かを食ったことなんて、一度もなかったんだよ」

玄の瞳が悲しそうに揺れる。

その瞬間、剣士は胸の奥に小さな痛みを感じた。

玄さんは、料理を作って食べてもらうことしか考えていなかった。自分がお雪さんと一緒に食べようだなんて、思ったことすらなかったんだ。

「夢で終わらせなくていいじゃないですか。せっかく奇跡が起きたんだから、ふたりで食事してくださいよ。そうだ、鍋料理なんてどうですか？」

「……鍋料理」

「そう。鍋だったら、玄さんの手作り豆腐がすでにある。湯豆腐でもいいだろうし、牛肉を食べてもらいたいなら牛鍋にしてもいいですよね。鍋ならその場で味つけができるから、玄さんが厨房にいなくても大丈夫じゃないですか。僕が給仕をします。座敷で熱燗でも飲みながら、お雪さんとゆっくり話をすればいい」

「牛鍋で熱燗。お雪さんとふたりで」

つぶやいた玄の表情が、見る見る崩れていく。

「俺が……この俺がそんな幸せになっても、いいのかよ……」

瞳から透明な雫（しずく）がこぼれてきた。

「いいに決まってるじゃないですか！　玄さんみたいな、毎日を大事に慎ましく生きてきた人が幸せになれないなんて、そんなの絶対間違ってる！　ほんの少しの時間だけど、幸せになっちゃってください、よ……」

最後のほうは、声がかすれてしまった。

「僕も調理を手伝います。刃物もかなり使えるようになってきたんですよ。玄さんと翔太のお陰です」

「ありがたいよ……。じゃあ、魚を捌いてもらおうか」

「え？　それは……」

「冗談だよ。そこまでは無理だよな」

「全然無理。切れても豆腐とか柔らかい野菜くらい」

「それだけでも大したもんさ。切っておくれ」

目元を拭った玄は、「牛鍋の線で考えるよ」と微笑んだのだった。

あっという間に陽が沈み、宵闇が訪れた。

着物姿の玄が、座敷の中央に座って待機している。

目の前のテーブルには鉄鍋がコンロにセットされ、ふたり分の取り皿と箸が用意されている。

「なんか落ち着かねぇよ。もてなされる側になったことがねぇからさ」と、居心地が悪そうに座っていた玄だが、先ほどから静かに来るべきときを待っている。玄の向かい側に待ち人が座れば、悲願だった宴が始まるのだ。

ブー、と剣士のスマホが振動したので、素早く手に取った。

「桃ちゃん？」

『用意できた。これからタクシーに乗る。十五分くらいで着くと思う。盃も使ってバッグに入れてある。ちょっと眠くなってきてるから、あとはよろしくね。念のためにタクシーの車両番号伝えとく』

「――ありがとう、メモっておいた。桃ちゃん、気をつけてね」

『ちゃんと元に戻してよ』

スマホをパンツのポケットに仕舞い、シャツの上ボタンを締める。

桃代は青銅の盃を使った。タクシーの中でお雪になる可能性が大だ。

お雪がまた戸惑わないように、大通りで待たなければならない。

これで玄さんとお雪さんは、およそ百七十年ぶりの再会を果たせる。

もしかしたら、ふたりで成仏してしまうかもしれない。

それでもいい。玄さんと二度と逢えなくなってもいい。

どんなカタチでもいいから、幸せになってほしい――。

「玄さん、そろそろ来るみたいですよ。……あれ？　玄さん？」

返答がないので近寄ってみると、まさかの事態が起きていた。

なんと、玄が眠りこけているのだ！

しかも、白かった前髪が茶色に戻っている！

と、いうことは……。

「寝てる場合じゃないよ！　起きて！」

肩を揺すって無理やり起こす。

「……これはどういうことだ？」

目を開けたのは、翔太だった。

「もうすぐお雪さんが来るんだよ！　玄さん、なんで寝ちゃうんだよ！」

「……頭が痛い。身体がガチガチに強張っている。もしかしたら、これは和樹のときと同じかもしれない」

翔太は座布団に座ったまま、こめかみを指で押さえている。

「和樹くんと同じって、誕生日会のときのこと？」

「そうだ。和樹は〝同級生と話す〟というプレッシャーと不安で寝てしまった。玄も

〝お雪さんと逢える〟ことの緊張や照れくささで、無意識に眠ってしまったんじゃないか？」

「そんな……。もうすぐなのに。泣くほどよろこんでたのに」

剣士も泣きそうな気分になっていた。

「ヒーリング音楽だ。いつもならあれを聞けばすぐに眠れる。それで入れ替わろう」

「それだ！　ちょっと待ってて」

急いで二階へ行き、居間に置いてあった翔太のスマホを取ってきた。

受け取った翔太はお気に入りのヒーリング音楽をかけてイヤホンをつけ、壁際にもたれかかって目を閉じたのだが――。

「マズい、眠れそうにない」

「どうしたらいい？　ブランデーでも飲んでみる？」

「お雪さんと逢うのにブランデーか。できればシラフでいてやりたいよな」

「そうだ、目隠ししようか。ヘアバンドを使えばいい」

剣士は厨房に置いてあった黒い布地のヘアバンドを持ってきた。これは翔太が玄のために用意したもの。前髪の白髪を隠すため、ねじり鉢巻きの代わりだと言って与えたものだ。

目元を黒布で隠してイヤホンをした翔太が、改めて壁にもたれかかる。

「羊でも数えて頑張ってみるよ」

「わかった。僕は桃ちゃんを迎えに行ってくるから」

「すんなり玄になるように祈っててくれ」

再び眠ろうとする翔太を残して、剣士は大通りを目指した。

しばらく待っていたら、桃代に教えてもらった車両番号のタクシーが、大通りの角で停まった。窓の中から桃代が顔を出す。メガネはかけていない。左目の下に、色っぽい涙黒子がある。

「ああ、剣士さん。来てくれたのですね」

憂いを帯びた表情で見上げているのは、お雪に間違いない。

「お待ちしてました。玄さんも待ってますよ」

運転手に代金を払い、桃代のボストンバッグを持ってから、車を降りようとするお雪に手を貸す。

左の人差し指に絆創膏が巻いてある。桃代が盃に血を混ぜるために傷をつけたのだろう。感謝の想いで胸が一杯になる。

降り立ったお雪の足元は、神楽坂の石畳によく似合う高下駄に白足袋。深紅に金模様の入った艶やかな着物、金の簪が飾られた日本髪のカツラ。黒地の帯には畳んだ扇子まで差している。

そこにいたのは、見目麗しい女芸者そのものだった。

「すごく似合ってます。さすがの風格ですね」

「こんなことまでしてくださって、なんとお礼を申したらよいのか……」

「いいんですよ。桃ちゃんも楽しんだはずだから」

実は、剣士が桃代に芸者姿で来てほしいと頼んだのだ。

なにそれコスプレじゃん！　と言いつつもどこかうれしそうだったのは、かつて桃代もゲームキャラのコスプレ姿で、コミケに通っていた時期があったからだ。

「店にご案内します。足元に気をつけて」

左右に黒塀の料亭や洒脱な割烹が並ぶ路地裏を、お雪の手を取って歩いていく。顔は桃代なのに、たおやかな所作や凛とした佇まいは、明らかにキャリアの長い芸者のそれだ。バイト芸者の蝶子も所作に品があるけれど、本物のお雪には到底敵わない。

すれ違う誰もが、お雪を眩しそうに見つめていく。

――ほどなくつきみ茶屋にたどり着いた。

紺の暖簾をくぐり、格子戸に手をかける。

頼む。翔太から玄さんに替わっていてくれ！

祈りながらガラリと引き戸を開ける。

奥から着物姿の……翔太が出てきた。

「お雪さん、申し訳ないです。玄が緊張のあまり眠ってしまって……」

「あなたは、翔太さんでしたよね？」

「はい。本当に申し訳ない。さっきから努力してるんですけど、眠気がしないんですよ。……お雪さん、すごく綺麗です。玄のやつ、肝心なときに眠るなんて。せっかくふたりで鍋を囲んでもらおうとしていたのに」

悔しそうに翔太が唇を噛む。

お雪は、寂しげに微笑んだ。

「……そう、ですか。仕方がないです。それが玄さんの意思なのでしょう。それならば、あたしは盃を使わせてもらいます。桃代さんに戻して差し上げなければいけませんから」

「待ってください！　玄さん、お雪さんのために料理を用意したんです。一緒に熱燗を飲もうとしてたんです。そんな夢のように幸せなこと、自分に起きていいのかって男泣きしてました。もう少しだけ待ちましょう。玄さん、自分が出たいと思ったら、翔太に睡魔を送ることができるはずなんですよ。きっと照れくさくて出てこれないままでいるんだと思います」

「剣士さん、ありがとうございます。……では、お言葉に甘えてお座敷に上がらせてもらいます」

こちらです、と剣士はお雪をセットしてある席へ誘った。

「以前のつきみとはまったく違うけど、畳の感触が懐かしい。あたし、お座敷に呼ばれると、踊りや三味線で殿方をおもてなししてたんですよ」

少しうれしそうに、お雪が座敷席を見回す。

「僕、亡くなった父や玄さんから聞いたことがあります。つきみの二代目女将になったお雪さんは、当代きっての人気芸者で、踊りや三味線の名手だったって」

桃代の中にいる女性が自分の先祖なのだと、剣士は深い感銘を覚えていた。

最初は驚き戸惑うだけだったのだが、今ではすべてを受け入れられる。

「そうですか。剣士さん、つきみの暖簾を守ってくださり、誠にありがとうございます。お父様やお爺様、代々のご主人にも感謝申し上げます」

畳に手をついて頭を下げるお雪。剣士もあわてて正座をした。

「お礼を言わなきゃいけないのは僕のほうです。その……この世に存在してくださりありがとうございます。お雪さんがいてくれたから、今の自分がいるんです。長々と続くお店を残してくださって、感謝しかありません」

言いながら剣士は、自分の変わり様を呆れるほど実感した。

割烹の跡取りになるのが嫌で、刃物恐怖症を理由に店の手伝いもせず、なんとなく大学を出て、なんとなくバーで働いていた。突然の事故で両親を亡くしてからは、店を改造して翔太とワインバーにしようとしていた。

ほんの数ヵ月前までは、江戸時代から脈々と守られてきた尊い暖簾を、自ら捨て去ろうとしていたのだ。

それを止めてくれたのは、金の盃に魂を封じられていた玄である。

彼は大切なことを、いくつも教えてくれた。

古き良き江戸の食文化。今は消えつつある季節ごとの祭事。毎日を無駄にせず、自然の恵みへの感謝も忘れずに、一瞬一瞬を大事に生きること。

そして、自分の想いを貫く強さ。

ああ、玄さんにお礼がしたい。想いを叶えてあげたい——。

「剣士さん、こちらには三味線がありますか？」

突然、お雪から問いかけられた。

「三味線、ですか。残念ながらここにはないです」

「そうですか。実は、弾いてみたいと思ってしまいました。久しぶりにお座敷に呼ばれたような気持ちになって……」

「だったら、踊っていただけませんか？」

速攻で返したのは翔太だ。

「長唄の音は流せます。それで構わないのなら、踊ってほしいんです。ぜひ、お雪さんの芸を見せてください」

その場でスマホを操作し、長唄の音源を探してかけてみる。三味線に女性の歌声が入った、お座敷にピッタリな唄である。

「これでどうでしょうか」

翔太は必死だ。

「じゃあ、せっかくなので少しだけ。即興ですけど」

お雪が立ち上がり、そそと座敷の空いたスペースへと進む。

「剣士、録画を頼む」

小声でささやかれ、翔太の意図が読めた。

万が一、このまま玄にチェンジできなかった場合のために、お雪の記録を残しておこうとしているのだ。このあとで食事もしてもらって、せめて「美味しい」と言う場面を録画すれば、玄にも見せてやれる。

急いでスマホを構え、録画を開始した。

片手で扇子を広げ、なまめかしく振りながら舞う。

背筋をすっと伸ばし、たおやかに腕で弧を描く。

そのたびに、着物の裾がひらりと柔らかくなびく。

身体の動きに合わせて定める目線、微かにたたえた笑み。

全身からしとやかな色気と気品が漂っている。

綺麗だな……と剣士は素直に思う。

そもそも芸者とは、なんらかの手腕や才能に秀でた者。「芸は売るが身は売らぬ」との言葉通り、踊りや三味線など日本の伝統芸能で宴を盛り上げる、もてなしのプロフェッショナルだ。

お雪の舞を見ているだけで、つきみ茶屋が『つきみ』という名の待合だったころに戻ったような気持ちになってくる。

神楽坂は、江戸時代末期から花街として栄えた場所。かつては芸者を置屋（おきや）から呼び、仕出し料理で客をもてなす待合が軒を連ねていた。ここもそのひとつとして創業し、のちに割烹となった店。

玄とお雪は、つきみで知り合ったはずだった。

「玄さん、お雪さんが舞ってますよ。早く見てくださいよ」

ささやきながら、隣で微動だにしない翔太に視線を移す。

ん……？　翔太？

なんと、翔太は目を閉じていた。首が斜めに傾いている。

こ、これは……。もしや玄さんと入れ替わるのか？

そのとき剣士は、ある日本神話を思い出していた。

〝天照大神（あまてらすおおみかみ）が天の岩戸に隠れ、世界が闇に覆われたとき、岩戸の前で天鈿女命（あめのうずめのみこと）が踊ることで天照大神を誘い出した〟という伝説だ。

元々、舞や踊りは、神に捧げる祈りとして生まれたものだという。

お雪の祈りが、玄を目覚めさせようとしているのかもしれない。

いや、そうとしか思えない！

玄さん起きて！　早く起きて！　起きて願いを叶えるんだ！

剣士も胸の中で必死に祈る。

――やがて、翔太の前髪が白く変化し、ゆっくりと瞼が開いた。

「……こいつは驚いた。あの麗しい舞。はっきり覚えてる。お雪さんだ。お雪さんの舞じゃねぇか！」

大きく放った玄の声が、お雪の耳に届いた。

「玄さん？　玄さんなの？」

動きをピタリと止め、玄に駆け寄るお雪。

剣士は、もう必要ないと判断し、録画ボタンをオフにした。

「お雪さん、やっと逢えた。永かったなぁ……」

「本当に玄さん？　もっと顔を見せて」

ふたりは鼻先が触れそうなほど近づき、しばらくのあいだ見つめ合った。

生前とはまったく異なる瞳の奥から、当時の面影を探し合うかのように。

◆

ようやく再会を果たせた玄とお雪。

テーブルを挟んで座ったふたりに、熱燗の徳利と猪口、それから、玄が作っておいた前菜を運ぶ。

「まずはぬる燗をお持ちしました。ぜひ、おふたりで乾杯してください」

剣士がお雪の猪口に酒を注ごうとすると、お雪が「それはあたしが」と言って徳利を持ち、慣れた手つきで玄の猪口に酒を注ぐ。

「ありがてぇ。まだ夢みたいだよ。お雪さんに酌をしてもらうなんざ、仕出し料理人にはあり得なかったからな。じゃ、俺も注がせてもらうぜ」

「ありがとう。本当にそうですね。玄さんとふたりで飲むお酒。夢か幻のようです」

差しつ差されつ飲み始めたふたり。

お邪魔だよな、と思いながら、剣士はお雪に前菜の説明をした。

「玄さんの得意な豆腐料理です。僕が温め直してお持ちしました」

四角い平皿に、三つの異なるタレで仕上げた豆腐田楽が載っている。

長方形にカットした手作り木綿豆腐に、竹串を刺して炙(あぶ)った料理だ。

黄色のタレ、紫色のタレ。そして、チーズがとろけている現代風の田楽がひとつだけある。

「生海胆(うに)に卵の黄身と塩を混ぜ、酒で溶いたタレを塗った〝海胆田楽〟。

醤油と裏ごしした梅肉を合わせ、上に芥子(けし)の実をあしらった〝浅茅(あさじ)田楽〟。

甘味噌と胡麻油を塗り、上にチーズを載せた〝チーズ田楽〟です」

「ちーず？」と、お雪が不思議そうに小首をかしげる。

「今の食べ物だよ。牛の乳を加工したもんだ。江戸の頃にも似たようなもんがあったけど、それは高価な薬として扱われてた。今は安価で手に入るから、田楽にしたら旨いんじゃないかって思ったのさ。まあ、冷めねぇうちに食っておくんな」

玄に勧められて、お雪がチーズ田楽に手を伸ばす。

伸びるチーズに驚きながら、「美味しい」と笑みを漏らす。

お雪のリアクションに頬を染め、うれしさと照れくささを隠せない玄。手酌でグイグイ酒を空け、「剣士、差し替えてくれ」と頼んでくる。

「こんな田楽、初めていただきます。甘い味噌とちーずのねっとりとしたこくがよく合ってる。胡麻油の風味もいいわ。それに、お豆腐自体の味がすごく濃い。玄さんのお豆腐料理、評判だったけど本当に美味しいのですね」

「うれしいねぇ。海胆も浅茅も食っとくれ。どっちも『豆腐百珍』に載った田楽さ。酒のつまみにぴったりだ」

酒の準備をしていると、お雪の「美味しい」が何度も聞こえてくる。

その度に相好を崩している玄の姿が浮かび、剣士の頬も緩みっぱなしだった。

豆腐田楽とぬる燗を楽しんだあとは、玄がその場で味つけをする〝牛鍋〟だ。

剣士が運んだ大皿には、サシのびっしり入った新鮮な和牛の生肉が、花びらのように美しく盛られている。付け合わせはスライスした九条葱のみ。テーブルに置いてある醤油、酒、味醂を合わせたタレで、肉と葱をさっと煮て食べるのだ。

現代の〝すき焼き〟のようだが、生卵にはつけない。その代わり、好みで山椒をかけるのだ。江戸末期に食されていた〝軍鶏鍋〟を、牛肉に替えた鍋だという。

ふたりは熱燗を飲み交わしながら、牛鍋を食べている。グツグツとタレが煮える音と、すき焼きのような香しい匂いが、静かな店内に漂っている。

剣士は邪魔にならないように、カウンターの奥で待機していた。

だが、会話は耳に入ってきてしまう。桃代と約束してしまったので、ふたりっきりにするわけにはいかなかった。

「ああ、本当に美味しい。こんなに柔らかくて脂の入ったお肉、生まれて初めて。噛めば噛むほど深い味わいが滲み出てきます。葱も甘くてとろける美味しさ。……玄さん、あたし今、すごく幸せ。玄さんのお料理を一緒に食べて、お酒をいただく。こんな日が来るなんて、思ってもいなかった」

「お雪さんに〝美味しい〟って言ってもらうのが俺の願いだった。それがついに叶っちまったよ。このまま成仏したって悔いはねぇ。そのくらい、俺も幸せだよ」

くすぐったくなるようなやり取りが続いていたが、剣士自身も得も言われぬ幸福感を味わっていた。つきみ茶屋を再開させてよかったと心から思う。そうでなければ、これほど完璧に近いカタチで玄たちに料理を提供するなんて、できなかったはずだから。

ふたりはしばらく、思い出話に花を咲かせていた。

「――ねぇ玄さん、つきみで初めて会ったときのこと、覚えてますか？」

「もちろんさ。ほかのことはあんまり覚えてねぇけど、お雪さんのことだけはしっかり覚えてるよ」

うれしそうに玄が答える。

「あの日は庭の桜が満開だった。廊下から花に見とれてた俺は、うっかり運ぼうとしてた膳をひっくり返しちまった。そしたらよ、ささっと片づけを手伝ってくれた、粋な女芸者がいたんだよな。着物が汚れちまうからやめてくれって言ったのに、たすきで袖を括ってさ。いい女だなあって、惚れ惚れしちまったよ」

「玄さんのためじゃなかったの。お得意さんが来る前だったから、早く片づけてしまいたかったのです。だけど、あのときの玄さん、あたふたしてて可愛かった」

「可愛いだなんて、よしとくれよ。照れくせぇから」

「でも、あの日から、あなたがつきみに来るのが楽しみになった。玄さん、いつもあたしのために、小さな飴細工こさえてきてくれて。鳥とか兎とか、金魚とか。食べるのもったいないから、ずっと飾っておいたんですよ」

「へへ。そんなこともあったっけなぁ。下手くそな飴細工だったのに、滅法よろこんでくれたもんな。なんだほら、そう、百合の花だ。真っ白で可憐な百合みたいな笑顔でさ。俺は、お雪さんの笑顔が見たかったんだ」

「お互い出入りの雇われだから、人目を忍んで話すことしかできなかったけど、玄さんと逢うのが本当に楽しみだった。あたしはいつも、玄さんだけを見てました」

「俺もだよ。とんでもなく照れくせぇけど、本当にそうなんだ。そういえば、『来年は一緒に花見をしよう』って約束もしたっけな。果たせなかったのが悔しいよ。出会ってから一年も経たないうちに、俺が逝っちまったからなぁ」

「あのとき、あの金の盃で……玄さんは……」

「ああ、毒見でお陀仏だ。仕方がなかったのさ。事故みたいなもんだ」

会話が途切れた。牛鍋のグツグツという音だけが響いている。

先に口火を切ったのは、お雪のほうだった。

「玄さん、どうしても話したいことがあるのです。あのお武家様は……とても言いにくいのだけど……」

声に暗さと迷いが滲んでいる。

その先、何を言おうとしているのか予想がつく。毒見の真相だ。

あいだに入って止めようかとも思った。しかし、野暮な行為などしたくはない、という気持ちのほうが強かった。

「なんだい？　何を話したって構わねぇよ。もう、百七十年も前のことだ。言いたいことは全部しゃべっちまって、すっきりしておくれ」

「……黙っているわけにはいかない。あたしたちの子孫のためにも」

子孫？　僕と桃ちゃんと翔太のこと？

思わず耳を澄ましてしまう。

「どうしたんだい？　そんな思い詰めたような顔をして」

「玄さん。あなたは、お武家様の毒見で亡くなったんじゃない。あの人は、わざと金の盃に毒を盛ったんです。気に入らない者はあっさりと葬り去る、鬼のような男だったんですよ」

「……お武家様が、わざと俺を……？」

そこで声が途絶えた。ショックを受けているのかもしれない。

だから、途中で話を止めようかと思ったのだ。

玄自身は、武士の命を救ったと信じていたのだから。

「……一体全体、俺の何が気に入らなかったんだい？」

「ごめんなさい。あたしが玄さんと話してるところを、見られてしまったのです。贔屓にしてた女芸者が、他の男と親しそうに話をしてた。たったそれだけの理由で、あの人は毒を……」

お雪のすすり泣く声がする。

牛鍋の音はすでに消えていた。

「あなたは、あたしの目の前で冷たくなっていった。それ以来、あの男への復讐心だけが、あたしの生きる糧になったんです。……つきみの若旦那に身請けされても、復讐したい気持ちは変わらなかった」

「お雪さん、すまねぇ。お前さんは、何も知らずに死んじまった俺よりも、ずっと苦しかったはずだ。思い残しで成仏できねぇくらい、辛かったんだよな。本当に悪かったなぁ」

やさしく話しかける玄。お雪のすすり泣きが強くなっていく。

「玄さんが謝るなんて、おかしいでしょう。あなたは何も悪くないのに。美味しい料理を振る舞おうとしていただけなのに。あたし、今も許せない……」

「落ち着いておくんな。俺はほら、ここで二度目の人生を楽しくやってるんだから。金の盃のお陰だよ。血族の翔太が使ってくれたから、こうしてお雪さんともまた逢えた。俺は果報者だよ。……だからお願いだ。どうか笑っておくれ。俺はお雪さんの笑顔が好きなんだよ」

僅かな沈黙のあと、「ありがとう、玄さん」とお雪がささやく。

そして彼女は、衝撃的な言葉を口にした。

「玄さんがいなくなってから、あたしは不治の病を患った。それで、青銅の盃で毒を飲んで、あなたのあとを追うと決めました。そんなとき、あのお武家様がつきみに来たのです。こんな機会、もう訪れないかもしれない。そう思ったあたしは、最後の力を振り絞って、あの男の盃に毒入りの酒を注いで……。それで、それで……」

「それで、どうしたんだい？」と、玄が穏やかに問いかける。

「……道連れにしてやったのです」

おしとやかなお雪とは思えない、戦慄の告白だった。

情念、という文字が脳裏をよぎる。

「あの人は、毒見と偽って何人も殺した鬼。きっとまた犠牲者を出す。この世にいてはいけないと思ったのです。だから、だからあたしはこの手で、あの男を……」

「お雪さん……俺のためにそんなことを……。本当にすまねぇ」

玄の感極まった声がした。

「そのくらい、悔しかった。悲しかったのです。もしかしたら、あの男も盃に封印されたかもしれない。万が一、男の血族が盃を使ってしまったら……そう考えると怖気(おぞけ)が走ります。だから、子孫たちに伝えたかったのです。

あの男が使った白金の盃が残っていたら、誰にも使わせないでほしいと」

白金の盃？　封印の盃はもうひとつあったのか!?
玄が使った金、お雪が使った青銅、それに、武士に使わせた白金。
まだ見ぬ白金の盃には、武士の魂が封じられているかもしれない――。
剣士はお雪の言葉を、記憶に刻み込んだ。

「わかった、よくわかったよ。お雪さん、ひとりで頑張ったんだなぁ。さぞかし苦しかっただろうに。俺が生きてさえいたら、そんな惨（むご）い思いはさせなかったのにな……」

今度は玄が涙声になる。
衣擦れの音がした。お雪が玄に近寄ったのだ。

「あたしね、もっとあなたと話したかった。お花見にも一緒に行きたかった。こうやって触れてもみたかった。……本当はね、お爺さんになった玄さんの側にもいたかったの。ずっとずっと」

「お雪さん……」

「……だけど、こうして話せて、本当にうれしい。また逢えて、お料理を一緒にいただけて……。もう、思い残すことはありません」

「俺もだよ。自分の死に方なんてどうでもいいさ。今ふたりでいるだけで、最高に幸せだ」

剣士は、スマホのイヤホンで音楽を聴き始めた。

これ以上、会話を聞いているのが忍びなかった。

ふたりきりの世界を、自分の立てる聞き耳で汚したくなかった。

ここにいれば、ふたりの様子はわかる。何か突発的なことが起きない限り、邪魔しないように身を潜めていよう。

そう決めたのだが――。

突然、聴いていた音楽にノイズが入った。

玄の悲鳴のような叫びが聞こえたのだ。

「お雪さん！　おい、お雪さんっ！」

剣士はあわてて座敷に向かった。
お雪が玄の腕の中で、ぐったりとしている。
全身から力が抜けているように見える。
しかし、その顔には満開の花のような笑みが浮かんでいた。
彼女は玄の腕を掴み、しかと視線を合わせながら、儚げな声で言った。

玄さん……。
あなたと一緒に笑ったこと。あなたがいなくて苦しんだこと。
今はただ、すべてが愛おしく感じます。
もしも未来で生まれ変わったら、真っ先にあなたを探しにいきます。
上手に見つけられたら、またあたしの名前を呼んでください。
ふたりで桜吹雪が舞う道を、手を取り合って歩きましょう。
あなたにはまだ、やるべきことがある。
どうか悔いのないように、やり遂げてください。
そして、お料理で誰かを幸せにしてあげてください。
今夜のあたしのように——。

次の瞬間、剣士にははっきりと見えた。

目を閉じたお雪の身体から、眩い虹色の光が放たれたのだ。

その光は長髪の女性のカタチになり、天井に向かって上っていく。

光だけなのに、なぜかどんな顔をしているのかわかる。

面長で涼しげな眼をした、透明な美しさを持つ女(ひと)だ。

ほんの束の間、光の女性は玄を見つめていた。

――さよなら。

ささやき声が、聞こえたような気がした。

やがてそれは、霧が散るように消え去っていった。

まるで天女が放ったかのような、神々しい光だった。


「お雪さん……先に逝っちまったのか……」

切なくつぶやいた玄は、涙を浮かべて微笑んだ。

「いつかまた逢おうな。生まれ変わったら俺も探すよ。約束だ」

その目から、ひと雫の涙がこぼれ落ちた。

彼は、穏やかな寝息を立てる腕の中の女性を、そっと座敷に横たえた。とても愛おしそうに。

◆

しばらく経って起き上がったのは、桃代だった。黒子が消えている。

「あれ……？　なんで私、泣いてるんだろ」

目の縁を拭い、剣士を見上げる。

「桃ちゃん、協力してくれてありがとう。全部終わった。お雪さんはもういない。だから安心して」

「それ、不思議なんだけど信じられる。なんか、すごく切ないんだけど、幸せな夢を見てた気がするんだ。誰かを大事に想って、その誰かに大事にされて。最後はお別れしちゃうんだけど、それは決して悲しい別れじゃなくて……。ねえ、私が言ってること、わかってくれる？」

「わかるよ。すごくわかる」

きっと桃代は、自分の中にいたお雪の愛に触れたのだ。

「玄さんはどこにいったの？」

「ちょっと疲れたみたいだ。翔太の部屋で休んでる。起きたら翔太にチェンジしてると思う」

玄はお雪と一緒に成仏してしまうかもしれない、と危惧していたが、成仏しないでくれてよかった。玄にはずっといてほしい。もちろん、翔太さえ問題がなければ、だけど。

「そっか。例の件、翔太くんにお願いしても大丈夫かな？」

「武弘さんのことだよね。もちろん。その約束で来てもらったんだから」

「じゃあ、剣士の部屋で着替えさせて。この着物とカツラ、レンタルショップに返さないと。……その前にメールしないとね。武弘さんに」

最後のひと言は、ひどく憂鬱（ゆううつ）そうな言い方だった。

「僕の部屋に桃ちゃんの荷物が置いてあるよ。青銅の盃はうちで預かる。厳重に保管するから、ここに置いてってもらえるかな」

「うん。……あのさ、剣士」

桃代は少しはにかんだような表情をして、目を伏せた。

「私、ずっと仕事しかしてこなくて、恋愛とか全然興味なかったのね。恋愛って、相手とも自分とも向き合わなきゃならないでしょ。なんかめんどくさくて」

「スゲーわかる」

「でもね、さっき思ったんだ。少しは関心持つようにしたいなって。恋愛に伴う嫉妬とか怒りとか、感情を乱されるのが嫌だったんだけど、どんな感情も知っておきたいって思った。そしたら、もっといい作品が作れそうな気がする。本気で向き合える相手がいたら、だけどさ」

いつになく素直に気持ちを吐露する桃代に、剣士は驚いていた。

お雪の感情を疑似的に味わったから、なのだろうか。

翔太もそうだ。玄に憑依されてから、前よりも喜怒哀楽を表に出すようになっている。

どういったカタチであれ、自分以外の誰かを深く知ることで、自身にも変化が起きるのかもしれない。

「きっと桃ちゃんなら、いい相手が見つかると思うよ」

「だといいんだけど。じゃあ、またあとでね」

二階に上がっていく桃代を見ながら、剣士もしみじみ思った。

自分ももっといろんな人と会って、いろんな感情と向き合って、自分の内面を掘り下げていきたい。

大事な人を思いやれる人間になって、来てくれるゲストを幸福にできる店にしていきたい――。

「まずは、桃ちゃんの問題を片付けないとな」

それを考えると気が滅入りそうになったが、「約束だろ！」と自分を叱咤し、翔太を起こすために階段を上った。

それからおよそ一時間後、店の引き戸を勢いよく叩く音がした。

返事をする前に戸が開く。

「こんばんは。桃代さんはいますか？」

革ジャンに革手袋、サングラスの大男が立っている。

「あ、武弘さん。また迎えに来てくださってありがとうございます」

スタンバイしていた桃代が、相変わらず威圧感のある武弘に歩み寄る。

剣士もそのあとに続く。

「黒内様、先日はご来店ありがとうございました。至らない点があったかと思いますが、精進いたしますので今後ともよろしくお願いいたします」

本当は、何がそんなに気に入らなかったのか問いただしたかったのだが、冷静に頭を下げる。横の翔太と共に。

「私が何か言いましたか？　すみません、あまりにも考えることが多すぎて、すぐ忘れちゃうんですよ」

余裕の笑みを見せる武弘が、若干カンに障った。

「ここで出したのは本物の江戸料理じゃない。長くは続かない。武弘さん、そう言ったんですよ。剣士も翔太くんも、気にしてたんです。黒内屋の専務さんの言葉だから。私もちょっと怖かったかなー」

茶目っ気を交えて桃代が言う。

「ああそう。それは失礼した。正直なところ、どんな店が何を出そうが、それほど興味ないんです。どうせ潰れてしまう店が大半ですから。資本力のある店しか生き残れない世界ですからね」

ますますカチンときた。おそらく翔太も同様だろう。

だが、ここは大人しく送り出したい。

「さあ、行きましょうか。お宅にお送りすればいいんですよね。今日はお茶くらい飲みたいな。桃代さんの部屋で」

あからさまに桃代を口説こうとする。桃代と同い年の二十七歳と聞いているが、今どき珍しいオラオラ風の肉食系だ。

「本当にすみません。いつもお言葉に甘えちゃって。でも、今夜は……」

「じゃあ、車で待ってます」

なんと武弘は桃代の言葉を遮り、カウンター席にあった桃代のボストンバッグをひょいと持ち上げて店から出ていく。

「ちょっと待ってください！」

桃代と一緒に剣士と翔太も追いかけたが、武弘はすごい早足で大通りに向かう。途中で桃代がつまずいたため、かなり遅れてしまった。

三人がやっと追いついたとき、彼はすでに赤いフェラーリの横にいた。

「……あの……武弘、さん……」

息も絶え絶えに桃代が話しかける。

「どうかしましたか？　早く行きましょう」

「ちょっとお話があるんです。実は私……」

「オレと婚約したんですよ」

横から翔太が割り込んだ。

「……は？　何を言ってるんだ君は？」

武弘の顔色と声音が明らかに変わった。

「本当なんです。今夜は翔太くんがうちに来るから、お茶はお出しできないんですよ。ね？」

上目づかいで翔太を見る桃代。

「いつも桃代がお世話になってすみません」

翔太は桃代の肩にさりげなく手を置いた。

「聞いてないぞ。桃代さん、いつ婚約なんてしたんですか？」

武弘の眉間に深くシワが入った。不快感を抑えているのがよくわかる。

「昨日、翔太くんから婚約指輪をもらったんです。親にはこれから伝えるので、まだ正式ってわけじゃないんだけど」

桃代は左手を掲げた。あまりつけていなかったプラチナの指輪を、わざと薬指にはめておいたのだ。

「知り合ってからは長いんですよ。もう五年くらいかな。なあ桃代？」

「やだな、翔太くん。まだ四年目だよ。ちゃんと付き合い始めたのは二ヵ月前くらいからだけど」

ふたりとも、ごく自然に恋人同士を演じている。交わす視線が熱く感じるので、剣士まで信じてしまいそうだ。

「桃代さんに恋人はいない。確かそう聞いた気がするんだけど、私の聞き間違いだったのか？」

あくまでも冷ややかに、武弘が問う。

「それ、初めてお会いしたときに訊かれたんですよね。三ヵ月前くらいに。翔太くんと付き合うことになったのは、そのあとなんです。ごめんなさい」

申し訳なさそうに桃代が肩をすくめる。

すると武弘は、ハハハと大声で笑った。

「ごめんなさい、か。こりゃ傑作だ」

笑い続ける相手が、異常に思えてきた。

「あの、何がそんなにおかしいんですか？」

桃代が心外そうに問いかける。

「ああ、失礼。まさか、私があなたごときを本気で口説こうとしてた、なんて思ってませんよね？」

なんという言い草。桃代も剣士たちも絶句するしかない。

「目的があったから近づいたのに、これじゃあ私がマヌケなピエロみたいじゃないか。しかも思わせぶりな態度まで取りやがって」

声に凄（すご）みが出てきた。目も吊り上がったような気がする。

同時に、なぜか妖気のような気配も感じた。

目的？　目的って一体なんだ？

尋ねたいのに、剣士の身体は石のように硬直している。

「まぁいい。目的は果たせたからな。君はもう用なしだ。しがない料理人と仲良く帰ればいい」

武弘はボストンバッグをその場に放り出し、運転席に乗り込もうとしたのだが……。もう一度振り返り、剣士たちを鋭く睨みつけた。

「私はね、人に見下されるのが大嫌いなんだ。なにが江戸料理だよ。こんな中途半端な店、長く続くわけがない。このままで済むと思うなよ」

――全身が凍りそうになったほど、冷たい捨て台詞だった。

黒内武弘の車が走り去った途端、三人は同時に息を吐いた。

「翔太くん、ごめんね。嫌な役やらせちゃって。気分悪いよね」

「いや、これで彼が諦めたのなら何よりです。ただ、気になることを言ってましたね。目的があって近づいたけど、それはもう果たしたと。桃代さん、なんのことかわかりますか？」

「……さあ？　まったくわかんない。自分の思い通りにならなかったから、腹いせに適当なこと言ったのかと思った。それより私は、『このままで済むと思うな』って言葉が気になる。まさか、黒内屋を使って店に妨害してきたりしないよね」

「そんな暇人じゃないでしょう」

翔太は桃代を安心させるように微笑む。

桃代もほんの少しだけ笑みを見せたが、すぐ真顔になった。

「もしもだけど、武弘さんがここに嫌がらせをしてきたら、すぐに教えてね。うちの顧問弁護士に相談するから」

「ありがとう。でも、桃ちゃんこそ気をつけないと。逆恨みでストーカー行為がエスカレートしないとも限らない」

「だな。それが一番心配だ」と、翔太も腕を組んでいる。

「しばらく実家に帰る。送迎は部下に頼むつもり。だから大丈夫。ふたりとも、いろいろとありがとね」

「こちらこそ。桃ちゃんのお陰で玄さんとお雪さんを逢わせてあげられた。感謝してるよ」

礼を述べながらも、剣士は胸騒ぎが抑えられない。

お雪の言葉を思い返す。

（もしかしたら、あの男も盃に封印されたかもしれない。万が一、男の血族が盃を使ってしまったら……そう考えると怖気が走ります）

「盃！　桃ちゃん、盃はどこ？」

「いきなりどうしたの？　ちゃんと持ってきてるよ」

桃代はボストンバッグの中から、古びた桐箱（きりばこ）を取り出した。剣士が初めて見る箱だ。

「はい。私は二度と使わない。正直、もう見るのも嫌。剣士に預ける」

手渡された箱を急いで開く。

中で青銅の盃がブロンズ色に輝いている。しかし……。

「この箱、盃が三つ入るようになってる！　桃ちゃん、これどこで手に入れたの？」

横に長い桐箱には、盃を入れるための穴が三つあり、真ん中に青銅の盃が嵌(は)め込まれている。左右の穴は空っぽだ。

「ああ、言いそびれてた。おととい実家に帰ってお母さんに聞いたんだ。その箱ね、月見家の菩提寺(ぼだいじ)に保管されてたんだって。お祖父ちゃんが生前に預けてたみたい。お墓参りに行ったお母さんに、住職さんが渡してきたらしいよ。約束した預かり期間が過ぎたから、月見家の皆さんでどうするか決めてほしいって」

「寺にあった……？」

「そう。剣士、忙しくてお墓参り行けてないでしょ。とりあえずお母さんが預かって中を見たんだって。そしたらくすんだ盃が入ってたから、磨いておいたらしいの。前に実家に行ったときは、ブロンズだけ置いてあったから持ち帰っちゃったんだけど、もうひとつ入ってたみたいだね。プラチナの盃」

最後のひと言に、剣士は戦慄した。

「プラチナ!?　まさか白金の盃？」

「そうそう、白金とも言うよね、やだな剣士、目の色が変わったよ。プラチナは金より高価だもんね」

それはつまり、鬼畜武士が封印されているかもしれない盃だ！

剣士の本意などわからない桃代が、話を続ける。

「剣士が割烹を継ぐなら青銅も白金も渡してやれって、お父さんが言ってた。うちの親、盃に魔力があること知らないみたい。でも、金の盃が剣士の家にあって、不吉だから使用禁止になってることは知ってたよ。どうせ迷信だろうって、お父さん笑ってた。きっと信じないだろうから、盃の秘密は誰にも言わないつもり。本当は白金にも誰かの魂が入ってんじゃない？　なんてね」

冗談めかしている桃代だが、冗談では済まないかもしれないのだ。

「そ、その白金の盃、今どこにあるの？　桃ちゃんの実家？」

すると桃代は、驚いた顔でこう言った。

「その箱に入ってない？　うちを出るときは入ってたんだけど」

◆

「――つまり、黒内は桃代さんのバッグを運んだときに白金の盃を盗んだ。その盃には玄を毒殺した武士の魂が封じられていた。黒内は武士の子孫で、盃を盗むために桃代さんに近づいたのかもしれない、ってことだよな？」

「そう。盃は憑依できる相手を引き寄せる力があるみたいだからね。あの武弘って人、桃ちゃんを迎えに来るとき、いつも革の手袋してたよね。指紋を隠すためにしてたんじゃないかな。態度もおかしかったし、何かに操られてたような気がするんだ」

桃代と別れて家に戻るや否や、剣士は翔太にすべてを打ち明けた。

白金の盃がないと知った桃代は「警察に届けよう」と息巻いていたが、相手が知らないとしらを切れば何もできない。そもそも、武弘が盗んだ証拠など皆無なのだ。だから、なんらかの異変が起きるまでは、このまま待つしかないと桃代には言っておいた。お雪が武士を道連れにした件も、桃代には話していない。いたずらに彼女を怖がらせるだけだからだ。

「一体、なんなんだ？　この盃は。三個がセットだったわけだよな？」

「たぶんね。そのうちの金だけがうちに伝わってたんだ。どうして金だけあったのか、理由はわからない。あとの二個は祖父さんが菩提寺に預けてた。箱ごとね」

年季の入った桐の箱を、翔太がまじまじと見ている。

「前に剣士が言ってたよな。金の盃は動いたり、どこかに捨てても戻ってきたりした。だから使用禁止になったんだって」

「そう。うちの親が何度も話してた」

「それが理由なんじゃないか？　菩提寺に預けたのは三個だった。でも、金の盃だけ戻ってきた。まさしく怪奇現象だけど、今はそう思うしかない……あっ！」

翔太が桐箱から青銅の盃を取り出し、三つの穴のある中板をめくった。

「二重底になってる。しかも、底の板に何か刻んであるぞ」

「マジで？　さすが翔太、目ざといな」

「これ、くずし字だ。浮世絵や古典の原文に書かれてるやつ」

「……ホントだ」

本当にうっすらとだが、縦読みのくずし字が五行ほど刻まれている。

「くずし字を解読するアプリがある。それで調べてみるか」

早速、翔太が写真を撮り、アプリで画像検索をする。

すると、くずし字の中から似た字形の候補が表示された。

結果として浮かび上がったのは、〝三〟〝盃〟〝霊〟〝封印〟〝呪術〟〝土御門(つちみかど)〟の漢字だけだった。他の文字はかすれていて読み取れない。

「翔太、土御門ってなんだかわかる？」

「土御門家。簡単に言うと、陰陽師の一族だ。江戸時代にも活躍していたとされている」

「陰陽師？　だとしたら、このくずし字は……」

「『三つの盃は霊の封印の呪術を陰陽師がかけたもの』。そう解釈するのが妥当だな」

いきなり発覚したオカルトちっくな情報。しかし、実際に憑依現象を体験しているだけに、絵空事とは思えない。まだ謎だらけだけれど、金、青銅、白金の盃が三つでセットとして存在し、陰陽師が関係していたのは事実と考えるべきだろう。

「だけど、黒内が行動に出ない限り、白金の盃についてはお手上げだな」

悩ましくため息をつく翔太。剣士も頷くしかない。

「とりあえず金と青銅の盃は箱に仕舞って、物置で保管するよ」

桐箱を抱えて一階の物置へと急ぐ。

物置の奥にある、ダイヤル式の鍵がついた収納ボックスを開いた。

絹の布で包んであった金の盃を、青銅の盃の右穴に嵌めて箱を閉じる。

収納ボックスに鍵をかけ、物置の鍵もかけて外に出る。

「どうか、このまま異変なんて起きませんように……」

今の剣士には、祈ることしかできなかった。

「お疲れ。気分直しに一杯やろう」

翔太がカウンターでシャンパンを開け、ふたつのグラスに注いだ。

つまみは、牛鍋の残りで翔太が作った〝牛肉と九条葱のバターソテー〟。それから、玄が多めに作ってあった三種類の〝豆腐田楽〟だ。

すでに玄として食事を済ませていた翔太は、ゆっくりとシャンパンを飲んでいる。

「ウマい!」と舌鼓を打つのは、もっぱら剣士だった。

「チーズ味噌の田楽なんて、玄も考えたもんだよな。この組み合わせは鉄板だ。お雪さんもよろこんだろう」

「美味しいって、何度も言ってたよ」

トロリととろけるチーズに甘めの味噌。大豆の風味がしっかりとした手作りの焼き豆腐。日本酒はもちろんだろうが、シャンパンにもよく合う味だ。

「玄さん、今の食材にも興味持っちゃったからね。これからは料理のバリエーションが増えるかもよ」

「お雪さんと一緒に成仏するかもしれない。そう思っていたけど、ちゃっかり残ったようだな。オレの中にいるのがわかる。玄にはまだ、やりたいことが残っているんだろう。オレは可能な限り、それを叶えてやりたいと思う」

「……翔太」

「ん？」

「やっぱ翔太ってカッコいいよな。惚れちゃいそう」

「お前、酔ってるだろ」

「今夜は酔いたい。酔って何もかも忘れたい」

「まあ、気持ちはわかるけどな」

柔らかく微笑んだ翔太が、ふたつのグラスにシャンパンを注ぎ足す。

「じゃあ、改めて乾杯しよう」

「だね。玄さんとお雪さんの再会を祝って」

翔太が差し出したグラスに、剣士もグラスを近寄せた。

エピローグ「味噌汁が香る非日常の朝」

次の日の朝。

剣士が起きて一階に行くと、和服の玄が黒いヘアバンドをつけて厨房に立っていた。土鍋で米を炊き、味噌汁を作っている。

「この寝坊助が。もうすぐ朝餉ができっから、ちくっと待っとけや」

いつものべらんめえ口調で威勢のいい玄。剣士の日常が戻ってきた。

いや、翔太と玄が入れ替わる現状は、どう考えても非日常なのだが、すでに慣れてしまっている。

「剣士、まな板の漬物を切っておくれ。今朝は山芋の糠漬けだ」

「了解です」

セラミックの包丁を取り出し、山芋を慎重に切っていく。

サク、サク、サク。

以前は恐怖しか覚えなかった切る際の音が、ようやく平常心で聞けるようになった。今はまだこのくらいしかできないけど、もっと上達した暁には、魚くらい捌けるようになりたい。

「……昨日は、ありがとよ。最高の夕餉だったよ」

玄が照れくさそうにつぶやいた。

剣士はカットした糠漬けを皿に盛り、横の玄と向き合った。

「僕も最高でしたよ。お雪さんの『美味しい』って言葉、うれしかったなあ」

「だろ。誰かによろこんでもらえると、幸せな気分になるよな」

いつも玄が言う通り、〝旨い料理屋は来る人を幸せにして、自分も幸せになれる場所なのだ〟としみじみ実感する。

「俺はよ、お雪さんと逢えたら成仏できるかと思ってたんだ。けどな、そうは問屋が卸さねぇって奴だったわ」

「好きなだけいてください。でも、約束は守ってくださいよ。翔太に睡魔を送らない。酒は決めた量しか飲まない。お客さんの前には極力出てこない。出るときはなるべく現代語で話す」

それが、自分と翔太、玄と店をやっていく上でのルールだ。

「わかってっけどさ、現代語は難しいよ。俺なりに頑張るつもりだけど、そこは大目に見ておくんなよ」

容姿はスマートな翔太のままなのに、中身は豪胆であけっぴろげな玄。

まだまだ迷惑なときもあるけれど、やっぱり憎めない。むしろ面白い。

いつかは玄さんもお雪さんのように、光となって消える日が来るのだろう。

それまでは、一緒にすごしていたい。翔太と二・五人で。

「ところで剣士。お雪さんが打ち明けてくれた話、聞こえてたかい？　白金の盃の話だ」

いきなり問いかけられ、少しだけ返答に迷った。

ずっと玄とお雪の会話に聞き耳を立てていたようで、答え辛かったのだ。

黙って首を斜めにしたら、玄が「実はよ」と語り始めた。

「金と青銅のほかに、白金の盃があるらしいんだよ。しかもよ、それにも誰かが封印されてるかもしれねぇんだ。たまげた話だよなぁ。魂の器になる盃が三つもあるなんてな。白金の盃、どこにあるんだろうなぁ」

おどけたように言いながらも、目つきは鋭利な刃(やいば)のごとく鋭い。こんな目をする玄は初めてだ。自分を毒で殺め、お雪を復讐に駆り立てた武士の本性を知り、彼の何かが変化したのだろうか。

「白金はよくわからないけど、金と青銅の盃は物置に仕舞ってあります。厳重に鍵もかけたし、もう誰にも触らせませんから」

返答に迷ったが、今は無難な答えをしておくことにした。

「そうかい。でもよ、近いうちにまた、この店に問題が起きるかもしれねぇぜ。これは俺の直感だ」

「やめてくださいよ、縁起でもない」

本気で勘弁してほしいと願いながらも、不安の影が胸をよぎる。

黒内武弘の冷たい顔が、悪寒と共に浮かんでくる。

「大丈夫だ。何が起きても必ずここは守る」

腰に両手を当てた玄が、力強く断言した。

「お雪さんと俺が初めて出逢った、大切な場所。
お雪さんの血族が受け継いでくれた、大事な暖簾。
七代目の剣士と俺の子孫の翔太が、これから盛り立てていく店。
それを守り抜くのが、俺に課せられた使命だ。
そのために魂だけが残ったんだって、はっきりわかったのさ」

玄が言い終えた途端、どういうわけか全身を安堵感が駆け抜けていった。

この人がそう言うのなら、なんとかなりそうかな。
今回だって、絶体絶命のピンチを何度も乗り越えたのだから。
自由奔放でお節介で、いつも冷や冷やさせられるけど。
いざとなったらすこぶる頼りになる男。
独特の発想と料理で、自分たちを助けてくれる江戸時代の料理人――。
気づけば、剣士も小さく微笑んでいた。

「その言葉、信じますからね。絶対にこの店を守ってくださいよ。僕と翔太と一緒に」

「おぅ、任せとけぃ。だからよ、剣士」

目の前にいる玄の瞳が、爛々と輝いている。

「俺はまだまだ、成仏できそうにねぇな」

――そう言って彼は、不敵に笑ったのだった。

本書は文庫書下ろし作品です。

|著者| 斎藤千輪　東京都町田市出身。映像制作会社を経て、現在放送作家・ライター。2016年に「窓がない部屋のミス・マーシュ」で第2回角川文庫キャラクター小説大賞・優秀賞を受賞しデビュー。本書は、割烹の跡取り息子である月見剣士が、現代によみがえった江戸料理人の玄と一緒に難題を切り抜けていく大人気グルメ×ファンタジー「神楽坂つきみ茶屋」シリーズの第3作目にあたる。他の著作に「ビストロ三軒亭」シリーズ、『トラットリア代官山』『だから僕は君をさらう』『グルメ警部の美食捜査』などがある。

神楽坂(かぐらざか)つきみ茶屋(ちゃや)3　想(おも)い人(びと)に捧(ささ)げる鍋料理(なべりょうり)

斎藤千輪(さいとうちわ)

講談社文庫
定価はカバーに
表示してあります

2021年10月15日第1刷発行

発行者――鈴木章一
発行所――株式会社　講談社
東京都文京区音羽2-12-21　〒112-8001
電話　出版（03）5395-3510
　　　販売（03）5395-5817
　　　業務（03）5395-3615
Printed in Japan

デザイン―菊地信義
本文データ制作―講談社デジタル製作
印刷―――豊国印刷株式会社
製本―――株式会社国宝社

ISBN978-4-06-525730-2

講談社文庫刊行の辞

二十一世紀の到来を目睫に望みながら、われわれはいま、人類史上かつて例を見ない巨大な転換期をむかえようとしている。

世界も、日本も、激動の予兆に対する期待とおののきを内に蔵して、未知の時代に歩み入ろうとしている。このときにあたり、創業の人野間清治の「ナショナル・エデュケイター」への志を現代に甦らせようと意図して、われわれはここに古今の文芸作品はいうまでもなく、ひろく人文・社会・自然の諸科学から東西の名著を網羅する、新しい綜合文庫の発刊を決意した。

激動の転換期はまた断絶の時代である。われわれは戦後二十五年間の出版文化のありかたへの深い反省をこめて、この断絶の時代にあえて人間的な持続を求めようとする。いたずらに浮薄な商業主義のあだ花を追い求めることなく、長期にわたって良書に生命をあたえようとつとめるところにしか、今後の出版文化の真の繁栄はあり得ないと信じるからである。

同時にわれわれはこの綜合文庫の刊行を通じて、人文・社会・自然の諸科学が、結局人間の学にほかならないことを立証しようと願っている。かつて知識とは、「汝自身を知る」ことにつきていた。現代社会の瑣末な情報の氾濫のなかから、力強い知識の源泉を掘り起し、技術文明のただなかに、生きた人間の姿を復活させること。それこそわれわれの切なる希求である。

われわれは権威に盲従せず、俗流に媚びることなく、渾然一体となって日本の「草の根」をかたちづくる若く新しい世代の人々に、心をこめてこの新しい綜合文庫をおくり届けたい。それは知識の泉であるとともに感受性のふるさとであり、もっとも有機的に組織され、社会に開かれた万人のための大学をめざしている。大方の支援と協力を衷心より切望してやまない。

一九七一年七月

野間省一

講談社文芸文庫 

磯﨑憲一郎

鳥獣戯画／我が人生最悪の時

解説＝乗代雄介　年譜＝著者

「私」とは誰か。「小説」とは何か。一見、脈絡のないいくつもの話が、〝語り口〟の力で現実を押し開いていく。文学の可動域を極限まで広げる21世紀の世界文学。

いAB1

978-4-06-524522-4

蓮實重彥

物語批判序説

解説＝磯﨑憲一郎

フローベール『紋切型辞典』を足がかりにプルースト、サルトル、バルトらの仕事とともに、十九世紀半ばに起き、今も我々を覆う言説の「変容」を追う不朽の名著。

はM5

978-4-06-514065-9

講談社文庫 目録

佐々木裕一 帝（みかど）の刀（とう）匠（しょう）〈公家武者 信平(七)〉
佐々木裕一 若君の覚悟〈公家武者 信平(八)〉
佐々木裕一 くもの頭領〈公家武者 信平(九)〉
佐々木裕一 宮中の誘い〈公家武者 信平(十)〉
佐々木裕一 狐のちょうちん〈公家武者信平ことはじめ(一)〉
佐々木裕一 姫のため息〈公家武者信平ことはじめ(二)〉
佐々木裕一 四谷の弁慶〈公家武者信平ことはじめ(三)〉
佐々木裕一 暴れ公卿〈公家武者信平ことはじめ(四)〉
佐々木裕一 千石の夢〈公家武者信平ことはじめ(五)〉
佐藤 究（きわむ） QJKJQ
佐藤 究 Ank : 〈a mirroring ape〉
佐藤 究 サージウスの死神
佐野 晶／三田紀房・原作 小説アルキメデスの大戦
澤村伊智 恐怖小説キリカ
さいとう・たかを／戸川猪佐武 原作 歴史劇画 大宰相〈第一巻 吉田茂の闘争〉
さいとう・たかを／戸川猪佐武 原作 歴史劇画 大宰相〈第二巻 鳩山一郎の悲運〉
さいとう・たかを／戸川猪佐武 原作 歴史劇画 大宰相〈第三巻 岸信介の強腕〉
さいとう・たかを／戸川猪佐武 原作 歴史劇画 大宰相〈第四巻 池田勇人と佐藤栄作の激突〉
さいとう・たかを／戸川猪佐武 原作 歴史劇画 大宰相〈第五巻 田中角栄の革命〉
さいとう・たかを／戸川猪佐武 原作 歴史劇画 大宰相〈第六巻 三木武夫の挑戦〉
さいとう・たかを／戸川猪佐武 原作 歴史劇画 大宰相〈第七巻 福田赳夫の復讐〉
さいとう・たかを／戸川猪佐武 原作 歴史劇画 大宰相〈第八巻 大平正芳の決断〉
さいとう・たかを／戸川猪佐武 原作 歴史劇画 大宰相〈第九巻 鈴木善幸の苦悩〉
さいとう・たかを／戸川猪佐武 原作 歴史劇画 大宰相〈第十巻 中曽根康弘の野望〉
佐藤 優 人生の役に立つ聖書の名言
佐藤 優 戦時下の外交官〈ナチス・ドイツの崩壊を目撃した吉野文六〉
斉藤詠一 到達不能極
佐々木 実 竹中平蔵 市場と権力 「改革」に憑かれた経済学者の肖像
斎藤千輪 神楽坂つきみ茶屋〈禁断の「盃（さかずき）」と絶品江戸レシピ〉
斎藤千輪 神楽坂つきみ茶屋2〈突然のピンチと喜寿の祝い膳〉
作画 蔡志忠／訳 和田武司／監修 野末陳平 マンガ 孔子の思想
作画 蔡志忠／訳 和田武司／監修 野末陳平 マンガ 老荘の思想
作画 蔡志忠／訳 和田武司／監修 野末陳平 マンガ 孫子・韓非子の思想
司馬遼太郎 新装版 播磨灘物語 全四冊
司馬遼太郎 新装版 箱根の坂(上)(中)(下)
司馬遼太郎 新装版 アームストロング砲
司馬遼太郎 新装版 歳月(上)(下)
司馬遼太郎 新装版 おれは権現
司馬遼太郎 新装版 大坂侍
司馬遼太郎 新装版 北斗の人(上)(下)
司馬遼太郎 新装版 軍師二人
司馬遼太郎 新装版 真説宮本武蔵
司馬遼太郎 新装版 最後の伊賀者
司馬遼太郎 新装版 俄(上)(下)
司馬遼太郎 新装版 尻啖え孫市(上)(下)
司馬遼太郎 新装版 王城の護衛者
司馬遼太郎 新装版 妖怪(上)(下)
司馬遼太郎 新装版 風の武士(上)(下)
司馬遼太郎 戦雲の夢〈レジェンド歴史時代小説〉
司馬遼太郎／海音寺潮五郎 新装版 日本歴史を点検する
司馬遼太郎／井上ひさし 新装版 国家・宗教・日本人
司馬遼太郎／陳舜臣／金達寿 新装版 歴史の交差路にて〈日本・中国・朝鮮〉
柴田錬三郎 お江戸日本橋(上)(下)
柴田錬三郎 貧乏同心御用帳
柴田錬三郎 新装版 岡っ引どぶ〈柴錬捕物帖〉
柴田錬三郎 新装版 顔十郎罷り通る(上)(下)
白石一郎 庖丁ざむらい〈十時半睡事件帖〉

2021年9月15日現在